Mirinha

Livros do autor na Coleção **L&PM** POCKET:

111 ais
99 corruíras nanicas
Continhos galantes
Duzentos ladrões
A gorda do Tiki Bar
O grande deflorador
Mirinha
Nem te conto, João

DALTON TREVISAN

Mirinha

www.lpm.com.br

L&PM POCKET

Coleção **L&PM** POCKET, vol. 988

Texto de acordo com a nova ortografia.

Seleção de textos em livro publicado pela Editora Record

Primeira edição na Coleção **L&PM** POCKET: outubro de 2011

Capa: L&PM Editores sobre ideia de Fabiana Faversani. *Ilustração*: aquarela de Egon Schiele (1890-1918), *Nu com cabelos negros*, 1910. Museu Graphische Sammlung Albertina, Viena, Áustria.
Revisão: Jó Saldanha e Patrícia Rocha

CIP-Brasil. Catalogação na Fonte
Sindicato Nacional dos Editores de Livros, RJ

T739m

Trevisan, Dalton, 1925-
  Mirinha / Dalton Trevisan. – Porto Alegre, RS: L&PM, 2011.
  96p. – (Coleção L&PM POCKET; v. 988)

  ISBN 978-85-254-2485-3

  1. Romance brasileiro. I. Título. II. Série

11-5931.   CDD: 869.93
                             CDU: 821.134.3(81)-3

© Dalton Trevisan, 2011

Todos os direitos desta edição reservados a L&PM Editores
Rua Comendador Coruja, 314, loja 9 – Floresta – 90220-180
Porto Alegre – RS – Brasil / Fone: 51.3225-5777 – Fax: 51.3221.5380

Pedidos & Depto. comercial: vendas@lpm.com.br
Fale conosco: info@lpm.com.br
www.lpm.com.br

Impresso no Brasil
Primavera de 2011

—Minha mulher não me compreende. Mais nada entre nós. Fez da minha vida um inferno. Só de pena dos filhos não me separo.

O primeiro beijo roubado.

– Tão carente de amor. Estou perdido por você. Teu futuro é ao meu lado. Aqui na firma. Não atrás de um balcão.

No segundo beijo com a mão direita no pequeno seio. De tanta pena – não sofre demais com a mulher? – a menina começa a gostar de João.

– Ninguém pode saber. Tudo será diferente. Um segredo de nós dois.

Daí ela chora muito. João tem mulher – ai, que antipática! – e quatro filhos, de um a sete anos.

– Você é a moça que eu quero. Amanhã vamos à praia. Leve o maiô.

*

Saem bem cedo. Em duas horas chegam ao hotel. Ele entra de carro pelos fundos. Sobem direto para o quarto.

João vai ao banheiro. Abre a ducha, volta com a toalha na cintura. Peludo que dá medo. Sentadinha na cama, a sacola com o maiô.

– E você? Ainda de roupa?

Sem graça:

– Pois é.

Ele deita-se. A vez de Mirinha ir para o chuveiro. Toda vestida de novo.

– Ué, não tem mais toalha?

Blusa branca de renda e saia azul, estende-se ao lado dele. Olha-a na penumbra e sorri. Afaga o longo cabelo dourado. Desabotoa a blusa. Tira o sutiã – sabe o que é um peitinho de quinze anos?

*

Ela um passarinho morto. Mas o coração aos pulos. O que é que ele quer? Cada vez mais perto.

– Nunca teve namorado?

– Credo, João.

Beijo molhado de língua. "Como foi a toalha parar no chão? De mim o que fazendo?" Ele abre o fecho da saia. Só de calcinha. Toda fria, pesada, mole. O peitinho, como bate. E começa a chorar.

– Quero ir embora.

– Seja bobinha. Já passa.

Ao tirar a calcinha, ele rasga. Puxa com força e rasga. Vai por cima. Ó mãezinha, e agora? Com falta de ar, afogueada, lavada de suor. Reza que fique por isso mesmo.

Chorando, suando, tremendo – o coração tosse no joelho. Ele a beija da cabeça ao pé – mil asas de borboleta à flor da pele. O medo já não é tanto. Ainda bem só aquilo. Perdido nas voltas de sua coxa, beija o umbiguinho.

Deita-se sobre ela – e entra nela. Que dá um berro de agonia: o cigarro aceso queimando em carne viva.

– Para. Ai, ai. Que você me mata!

Mas você para? Nem ele.

Até que suspira fundo e todo se espicha. A pobre chora, gostoso. Ele senta-se, vê o sangue, bota a mão na cabeça.

– Não me diga. Virgem?!

– Decerto.

– Por que não avisou?

– O que você fez? Parecia louco.

Mais que se lave e se vista ainda sangra. Soluçando, joelho bem apertado:

– O que será de mim? É só minha mãe olhar.

Ele faz perguntas, aflito pelo quarto:

– Meu Deus, você está grávida.

– Ai, me acuda. Não pode ser.

Tudo ele explica.

– Puxa, como é burrinha.

Na calcinha rasgada ela dá nó. Desce a escada com miúdo passo de gueixa, apoiada no corrimão. Faminta, não aceita o sanduíche – os dois ele come sozinho. Sem falar durante a volta. Chorando arrependida.

– Não chore, meu bem. Cuido de você. Só peço paciência. Que tenho família grande.

*

Basta a mãe olhar:

– O que você tem?

Vontade de falar, obriga-se a ficar quieta. Não come nem dorme. Quinze dias depois:

– Não veio, João.

Pronto, as mãos na cabeça:

– Por que a mim? Só a mim?

Bate o longo cílio no olho negro, sempre a ruga na testa.

– Certeza que fui eu?

– E você, João? Será que duvida?

Ele mesmo aplica a injeção – é tarde. Mirinha faz o teste do sapo. A consulta para as seis da manhã. Tem de enfrentar sozinha, João não pode ser visto.

– É menina corajosa.

*

Disse para a mãe que, tanto serviço, não vai almoçar. Na salinha veste a camisola, nem sequer limpa. A enfermeira resmunga:

– Cedo começa, hein, menina? Não adianta chorar.

Com a injeção debate-se e foge, os pés enterrados na areia movediça.

– Meu Deus, me ajude. Que eu não morra.

O médico diz bom dia. Ela nem pode responder. Acorda às cinco da tarde no sofá viscoso. Dói muito, sente-se imunda, entupida de algodão e gaze.

João à espera na porta:

– Nossa, como está pálida.

Leva-a para o escritório, afundada no velho sofá de couro.

– Não vá morrer, menina.

Ele traz franguinho e cerveja preta – come tudo sozinho.

– Graças a Deus, livres.

*

Dez da noite, deixa-a na esquina. Arrasta-se até o portão, de costas na parede. O grito da mãe:

– O que você tem?

– Só meio fraca.

A pobre aviva as brasas e benze com galhinho de arruda:

– É mau-olhado.

Tudo a menina confessa para dona Marta:

– Só não conte pra minha mãe.

E a dona risonha no dente de ouro:

– Pode confiar, minha filha.

Sofredora, abandonada pelo marido, embrulha balas para viver. Despeja o latão sobre a mesa com farinha de trigo para não colarem. Espalha-as com a lâmina da faca – as quebradas são devolvidas. Seguindo a novela na tevê, ligeirinho as enrola – azedinhas, de ovos, hortelã – no papelucho transparente. Fim de noite, a mesa coberta com um pano branco.

– Me conte, menina. Tudinho.

Se você ergue o pano dá com as balas pretas de formiguinha. Pela manhã outra vez limpas, a negra nuvem some nas frestas do soalho, dormindo de dia e empanturrando-se à noite.

*

Ela se fia na santíssima dona Marta. Antes não o fizesse. Dia seguinte, ao chegar, depara na sala com a mãe, ao lado da irmã. O pai sofre do coração e não pode se incomodar, sempre no boteco.

– Entre aqui. Vamos conversar.

– O que é essa fumaceira no quintal?

O costume de chegar, jogar a bolsa na cama, ir para a cozinha. Em vez de entrar no quarto, firme aperta a bolsa no peito.

– Não tem vergonha? Com um velho? Não sabe o que é ser moça?

– E a senhora me ensinou?

Ainda se lembra quando correu para a irmã: "Meu Deus, eu me machuquei. Não sei o que fazer. Todo esse sangue".

– Vagabunda. Vá atrás do teu macho. Vá.

Um pingo de água quente no olho:

– Aconteceu, mãezinha. Sinto muito. O pior já passou. Ele gosta de mim.

Chorando corre para o quarto. Abre a porta: vazio. Sem cama, sem guarda-roupa, sem cortina. Na parede a mancha dos quadrinhos sumidos. Lá fora o colchão queimando.

– O que a mãe quer?

– Vá com o teu cafajeste. Ele cuida de você.

*

Telefona do bar da esquina.

– Minha trouxa no porão. O colchão minha mãe queimou. Não tenho onde dormir.

– Espere por mim. Já chego aí.

Deixa o carro na esquina. Ajuda-a com a trouxinha e o pobre acolchoado xadrez.

– Você dorme no escritório. Amanhã alugo um quarto.

Sentadinha, luz acesa a noite inteira, entre mesas e arquivos.

– Por ele perdi meu pai e minha mãe.

Ainda ouve os gritos:

– Escolha. Teus pais ou teu cafajeste. Por mim te odeio. Pra mim não é mais nada. Rua, vagabunda, rua. Lá em cima do armário. Não sei o que são aquelas pílulas?

De manhã ele chega alegrinho. E quer ali mesmo de pé contra a mesa da máquina.

– Amanhã pode ir para o ninho.

*

Entre quatro paredes só o pobre acolchoado.

– A situação da firma está ruim.

Sem fogão. Vivendo de beijo, sanduíche, golinho de café preto na garrafa térmica.

– Puxa, com fome.

– Minha mulher bem desconfia.

Um mês dorme no trapinho debaixo da janela.

– Não tenho paz. Minha casa é um inferno. Maldita araponga louca da meia-noite.

Dá o dinheiro certo do café e, para ele, pãozinho com queijo derretido.

– Sem nada, João. Já faz dois meses.

Até que enfim:

– Veja um joguinho de quarto. E um fogão.

Ela escolhe lindo fogãozinho azul. Na falta de cortina o velho pano suspenso com grampo de roupa.

Sua alegria é fazer-lhe todas as vontades: pãozinho quente no forno, macarrão, bolinho de carne. Pra ele o rico pastelzinho, pra ela o cheiro de fritura no cabelo.

*

– Isso não é vida. Preciso de um som. Uma tevê.

No aniversário ele entra com a radiola e o disco de Carlos Gardel.

Nem assim a moça para de chorar.

– Que tal uma tevê pequena?

Desde o primeiro dia no programa que ele prefere.

– Escuta, Mirinha. Você ligou pra minha casa?

– Credo. Eu não.

– Alguém me entregou.

– Por Deus do céu.

– Da loja alguém telefonou. Três prestações atrasadas.

*

A mulher descobre, furiosa. Uma cena terrível diante dos filhos.

– Aquela corruíra nanica.

De tarde a dona surge no escritório.

– Você que é a Maria?

– Sim, senhora.

– Onde você mora?

– Com meus pais.

– Tem irmão?

– Duas irmãs. Uma casada.

Expulso da cama pela mulher, dorme no apartamento. Mano a mano com o grande Gardel, enquanto ela o adora, ajoelhada no tapete.

– Sabe o que mais? Largo a bruxa e fico aqui. Ah, não fossem os quatro filhos.

Com as pobres economias compra lembrança para ele. Ganha em troca perfuminho barato.

– Amanhã não posso te ver.

A própria noite de Natal.

– Está bem.

*

De volta do escritório vê no balcão da sala a bandeja e os copos de vinho. Na cozinha a frigideira nova. Um jogo de toalhas no banheiro. E sobre a cama o ramo de rosas vermelhas. Tão feliz acaba chorando.

Onze e meia ele abre a porta:

– Deixei o pai na mesa. Só pra te ver.

Guarda-a longamente nos braços, sem fazer nada.

– Você que me serve. É a mulher pra mim. Em casa estou só.

Espiada pelo velhinho tarado de binóculo:

– Ainda não pode a cortina?

– Tive de pagar o colégio dos meninos.

– Não sei a quem pedir. Só a você.

– Eu mato esse velho sujo.

*

O dia inteiro no escritório, já não recebe salário.

– Aquela megera me fechou a porta.

Bem cedo, antes do café, ele a procura:

– Vem cá, meu bem.

Sem carinho, apressado. No almoço, outra vez. E de noite mais uma vez. Uma posição só, entra e sai, pronto. Ela cada vez mais fria.

– Essa a vida de uma mulher?

Mais magra cinco quilos. Pálida, abatida, sempre cansada. Não a leva a nenhum lugar. Nem admite visita. Desconfiado de dona Marta.

– Nunca mais quero ver essa mulher. Cara de alcoviteira.

Sem ânimo de ouvir disco nem ligar tevê.

Ela tem um sonho: o pai caindo ali da janela. Olha para ela, tão triste: *Você errou, minha filha. Você errou.* De braços abertos salta no vazio. *Só por tua causa.* Ela acorda chorando.

*

De manhã João chega e sem palavra agarra-a de pé contra a porta.

– Por que não veio? Fico tão sozinha.

Olho vermelho de tanto chorar.

– Não pude.

– Eu quero a Lili.

– Ela não presta. É moça de programa.

– É minha irmã. Preciso dela.

E descreve o sonho.

– Isso é bobagem. Não é nada.

– Não posso mais de saudade. Você quer me proibir?

– Escolha. Eu ou ela.

– Então ela.

João abre a porta.

– Vá embora. Já. Pra sempre.

*

A moça telefona da esquina:

– Lili, preciso de você.

Abraçam-se em lágrimas e risos.

– Largue esse bandido. Volte pra casa. A mãe te aceita.

– Sonhei com o pai. Ele está bem?

– Agora está. Um ataque do coração.

*

Para castigá-la João não fala, arredio e soberbo. O velho pai, doutor Paulo, pede-lhe que a deixe.

– E por que não me deixa? Mais só do que já estou?

Desfrutada pelo noivo, Lili expulsa de casa. A mãe, vingadora:

– De hoje em diante só tenho uma filha.

É a mais velha, casada.

– Não tem onde dormir. Fica uns dias comigo.

– Ela não vale nada. Agora tudo mudou entre nós.

– Mesmo que não preste. É minha irmã.

Não permite que sente com eles à mesa.

Lá na sala, a infeliz, braço cruzado diante da tevê.

*

– Você mudou, João.
– Por causa dela. É tua culpa.
A irmã dorme com ela na cama de casal.
– Agora troque o lençol. Tenho nojo. Ela anda com mil homens.
Já não é o mesmo. Nem ela – sem coragem de enfeitar-se, assar o bolo de fubá, ensaboar a camisa de seda.
– Vou à casa da mãe.
– Ué, não te proibiu de pisar no portão?
– Já perdoou.
– Fazer o quê?
– Estou com saudade.

*

Inocentemente vai ao cinema com a irmã.
– Se ele me vê estou perdida.
– Seja boba.
– Você não conhece. É violento.

Noite seguinte chega mansinho.
– Venha aqui. Sente ao meu lado.
– Não vê que estou ocupada? O que você quer?
– Conversar um pouco.
Ela senta-se na ponta do sofá.
– Aonde foi ontem à noite?
– Eu ia ver a mãe e não fui.
– Por que mentiu?
– Saí com a Lili.
– Nunca pensei. É igual à tua irmã. Bem meu pai disse que você não merece.
Furioso arranca a radiola, joga no chão, pisoteia.
– Se quiser pode quebrar tudo.
– Você não presta. Não reconhece o que fiz. Bobo, ia deixar minha família.
Sai batendo a porta. Uma semana sem aparecer.

*

No escritório só bom dia e boa tarde.
– Como é que é? Tua maldita irmã?
– Está comigo.

— Não desiste? Assim não dá. Ela vale mais que eu? Você acaba me perdendo. Se não me respeita, pode sair. Daqui e do escritório.

O sol brilhando em todas as janelas.

— Amanhã vou à praia com a Lili.

— Se for eu te mato. Não vê que não é companhia pra você?

— Então me leva?

— Não posso. Prometi ir com a família.

Para a irmã:

— Não me leva a lugar algum. Nunca mais ao cinema. Boate nem se fala. Sou prisioneira. Não aguento mais.

— Olhe, vou por uns dias ao Rio. Por que não vem?

*

Enche-se de coragem:

— João, sabe? Mamãe vai a São Paulo. Visitar minha avó. Eu queria ir junto. Deixa eu ir? Vou com a mãe e o pai.

— O hotel é caro. Os negócios não estão bem. Não posso gastar.

— Durmo com a mãe. Ao pé da mesma

cama. Deixa, João. Só pra me distrair. Nunca saio. Dois anos fechada nestas quatro paredes.

– Quanto você precisa?

A boba pede um dinheirinho – ele dá a metade.

– Com pena de deixar você.

– Não faz mal. Só três dias. Eu te levo até o ônibus.

– Deus me livre. A mãe não pode te ver.

*

De malinha e sacola na mão:

– Olha ele ali.

Que ronda o edifício. É o mesmo João que entra no barbeiro? Pulam as duas no táxi – e se ele viu?

– Agora é tarde.

Instaladas no apartamento da amiga de Lili. Ela promete voltar no domingo. Passa domingo, segunda, terça.

Na quarta ele não resiste, vai espiar a casa da mãe: toda iluminada. "Então ela já veio. Por que não volta para o ninho?" Na quinta João liga para a mãe:

— Em São Paulo tudo bem?
— Quem é?
— O João. A Mirinha me disse que ia com a senhora. Ela dormia nos pés da mesma cama.

Bem que braba, a velha ri gostoso.

— As duas estão no Rio. Nem sei até quando.

*

Dez dias depois ela quer voltar, muito infeliz. A irmã, não. Mirinha disca para o escritório. Muda.

— Alô? Mirinha? Sei que é você. Me diga onde está. Vou te buscar. Fale, meu amor. Não faça isso comigo.

Sem poder falar, desliga. O dinheirinho no fim. Lili faz programa? Vinte dias passados. Ela sonha com a irmã casada. Telefona para o cunhado.

— Ela não está. Foi pro hospital. É um menino.

No hospital o encontro com a mãe. Dura, nega-lhe o beijo. No espelho se vê loirinha e bronzeada — o risco branco do maiô no ombro roliço. Às seis da tarde:

– Oi, tudo bem? Estou aqui.

Em cinco minutos ali chega. Mais magro, pálido, de olheira.

– Pensei nunca mais viesse.

*

Assim que entram no carro não para de beijá-la.

– Quer que eu volte?

– Pegue. Não vê?

– Puxa. Tudo isso é saudade?

Não é o caminho do apartamento.

– Pra onde vai?

– Dando uma volta.

Estranha, mas não se assusta. Quando vê, uma estrada deserta.

– Aonde está indo?

– Só passeando.

Acende os faróis. De um lado, mato e, de outro, arame farpado. Ele sai do asfalto. Buracos na estradinha de barro. Olha para ele. Não são bolhas de espuma no canto da boca? Sem aviso a esbofeteia.

– Está louco?

Sobe e desce aos solavancos.

– Você não presta. Uma puta. Me enganou. Traidora.

– Me deixa explicar.

*

Olho de bicho que brilha no escuro.

– Assim que dormiu nos pés de tua mãe?

– Você me obrigou.

– Já tinha um macho te esperando.

Outro bofetão. Mais outro que rebenta a alça do vestido. Dirigindo aos pulos e batendo. Ela arranha-lhe o pescoço.

– Tua família não presta.

Aí ela se ofende.

– Não fale da minha família.

Dá um pequeno soco no rosto. "Ai, por quê?" Ele para o carro.

– Hoje é o dia. Que eu te mostro. Acha que sou manso, acha?

*

Ela chora e retorce a mão.

– Olhe o que fez. O meu vestido novo.

– Não é só o vestido. Vou te fazer em pedaço. Já não precisa de roupa.

Ainda quer defender o lindo vestidinho vermelho. Em vão: ele rasga em tiras. Deixa-a de calcinha.

– Vagabunda. Nem usa sutiã.

Lá se vai a calcinha em dois farrapos.

– Por que mentiu, sua puta?

Livra-se do paletó, a camisa – é branca, de listinha azul, isso ela jamais esquece – ensopada de suor. Quando bate, ela se arrepia com a mão viscosa.

– Você me obrigou. Esqueceu de mim. Me deixou passar fome. Humilhou a minha irmã.

– Não te perdoo. Jamais eu te perdoo. E desce já do carro. Sua cadela.

Sem nada no corpo mais lindo do mundo.

*

– Não desço. Veja como me deixou.

– Desce. E é já. Sua bandida. Hoje o teu fim. Você fica aqui. Nunca mais ninguém te vê. Já não precisa de roupa.

Grande olho fosforescente de cachorro louco. Espuma no dente de ouro. Uma pedra rola na garganta. E tapa e soco e bofetão.

– Chega de me bater.

– Então desce do carro. Ah, não desce?

Abre o porta-luvas e saca o facão da bainha.

Ela pensa: "É agora. Deus, ó Deus, me ajude. Que esse homem me mata".

– Eu errei. Me perdoe. Está bem. Se acalme. Você parece doido. Eu desço. Faço o que quiser.

– Nojo de você. Te odeio até a morte. Nunca esperei isso. Hoje é o teu fim. Ninguém vai saber.

*

Ela desce cobrindo-se com os trapos. João guarda o facão. Dá a volta e abre o porta-malas.

Ela pensa: "Agora me mata e esconde aí dentro".

– Pegue aqui.

Traz na mão uma pá e uma enxada.

– Não pego.

– Venha aqui, desgraçada.

Obrigada a se arrastar debaixo do arame farpado, o joelho sujo de terra. E ali o buraco já esperando. Bem fundo, no tamanho dela. Quando vê, chora ainda mais. Como se livrar? Ele adivinha, corre, agarra pelo braço.

– Aqui você fica. Daqui não sai. É o teu fim. Conhece que está morta.

E não está mentindo. Olha para a cova, espumando. Sacode-a com força.

– Aqui não me engana. Com teu macho. Não será de mais ninguém.

Ela fecha os olhos: "Meu Deus, me acuda. É agora".

*

– Está bem, João. Seja o que você quiser. Só digo uma coisa. Minha vida é um lixo. Você me desfrutou. Me tirou de casa. Perdi meu pai e minha mãe. Meu sobrinho que acaba de nascer. Só quero te avisar. Pense bem. O doutor Paulo o que vai dizer? Você é pai de cinco filhos. Eles serão apontados na rua: "Teu pai é um assassino. Matou a própria secretária".

É Deus que põe as palavras na boca. Falando e olhando para ele. Que para de espumar. O olho perde o brilho de loucura. De repente começa a chorar.

– Mirinha, meu amor. Nunca pensei. Você me deixou. Não sabe o que sofri. Me abandonou. Telefonou e não disse uma palavra. Me senti perdido. Que gostava tanto de você. Nunca eu pensei. Se não é minha não é de mais ninguém. Fiquei desesperado.

*

Deixa cair a pá e a enxada.

– O buraco era pros dois. Nunca mais te deixo sozinha.

Suspira fundo e soluça alto.

– De tudo esqueci. Meu pai, minha mãe, meus filhos. Por causa deles eu te perdoo. Você se salvou. Depois de morta. Eu não comia, não dormia. Não era mais gente. Por que mentiu? Aonde você foi?

Chorando e alisando a mãozinha ferida.

– Já não pensava. Queria me vingar. Agora perdi a coragem.

– Vamos voltar, João.

Ele se deixa conduzir pela mão.

– E minha roupa?

Ela dá laço na calcinha.

– Vista a minha camisa.

Nojosa ao senti-la úmida de suor. Sem uma palavra, ele a penetra de pé contra o carro – ela não sente nada.

*

Na volta João faz planos de vida nova.

– De conta que nada aconteceu.

Sobe ao apartamento, traz para ela uma calça e uma blusa.

– Mirinha, por quê?

– Sei lá. Pior você fez. Ai, toda dolorida.

Ele beija o joelhinho esfolado de terra.

– Me perdoe. Fiquei louco. Não podia te perder. Senti demais a falta. Sabe o que doeu mais?

– ...

– Que voltou mais bonita.

Ele não sabe que agora é tarde.

*

– Fiz tudo por você. Passei fome. Sem roupa. Sem nada. Praguejada por minha mãe.

Bem cedinho traz pão e leite. Agora ele pede, antes ela fazia sem que pedisse.

– Mirinha, a toalha.

– Já vou.

– Venha me lavar.

Gosta de ser ensaboado e fazer amorzinho debaixo do chuveiro.

– Você não vem?

– Não quero molhar o cabelo.

– Tristinha, meu bem?

– Sei lá.

– Ainda ofendida? Logo esquece. Começamos vida nova.

Ao dar com ele na porta, baixa depressa o olho.

– Está cansada?

– Um pouco.

– Então já vou. Amanhã a gente se vê.

Tenta o último recurso:

– Se você quer eu largo a minha mulher.

– Você é que sabe.

*

— Meu bem, amanhã vamos à praia.

"Não é a estrada da praia. Ó Deus, tudo de novo?"

Ele para diante do bangalô verde. Os quatro meninos correm aos gritos.

— Meus filhos, esta é a Mirinha.

Por último a pata-choca.

— Oi, como vai?

Com a menorzinha no colo. Lá se vão, João e a bruxa na frente. Ela atrás com as crianças. Ele a namorando pelo espelho. A mulher percebe e fica emburrada.

— Vamos na balança. Mirinha, venha brincar.

Ao vê-la de biquíni a dona desiste do velho maiô. Ele baboso:

— As crianças gostam de você.

Na volta João falando e sorrindo no espelho. A dona ofendida e muda.

— Vou deixar a Mirinha em casa.

As crianças lhe lambuzam de beijos o rosto.

— Por que fez isso?

— Assim ela entende o que há entre nós. Eu escolhi você. Amanhã falo com o pai.

– O doutor Paulo não pode me ver. Ele me odeia.

*

Dia seguinte:

– Ai, Mirinha. Vim almoçar com você.

Macarrãozinho no molho e bastante queijo. Regalado, bebe todo o vinho tinto, espicha-se no sofá.

– Vamos conversar, meu bem. Me conte. Você me traiu, não foi? Com quantos homens? Cinco, seis, sete?

– Vou te contar, João. E nunca mais. Fui pra descansar. Juro por Deus. Nunca te enganei. Com ninguém. Todos esses anos. Ainda que não acredite. Quero minha mãe morta.

– Duas moças bonitas. O que não fizeram? Você deu pra quantos? Que tipos eles eram?

– ...

– Basta olhar que eu sei. Deixa te examinar? Já digo com quem esteve.

– Você é louco, João.

– E você uma vigarista. Sua puta rampeira. Moça que vai ao Rio é pra dar.

*

Todo dia a mesma conversa.

– Sem mim era uma caixeirinha de loja de turco.

O turco de bigodão, parrudo e barrigudo, que a agarra no fundo do balcão: *Vem cá, menina... Tira a calcinha... Baixa a calcinha...*

– Pensa que não sei? Ele te pegou, não foi? Baixou a calcinha. E fez ali de pé. Foi o primeiro, não foi?

– Sim, foi ele. Lá no hotel da praia. Não se lembra?

Sai à procura de Lili.

– Por favor, me diga. Ela teve algum caso? Com quem? Quantos foram? Vocês duas, sozinhas. Sem fazer programa? Não sou bobo. Só quero saber. Não faço nada. E o aluguel, quem pagava?

*

– Nunca me deixa em paz? Não aguento mais.

– Você deu, não é, Mirinha? Pra quantos?

Torce o braço até fazê-la ajoelhar.

– Hoje quero saber. Senão fico louco. Você esteve ou não? Com quem? Com quantos? Sete, oito, nove?

– Suma-se daqui. Nunca mais pergunte. Acha que peguei doença? Então passou pra você. Agora já sabe.

– Pela última vez. Eu te imploro, Mirinha. Tudo que é sagrado. Só quero saber. Juro que não te bato. Com quantos você foi?

*

Lenço na cabeça, afogueada, frita os pastéis de banana, pelos quais o distinto se lambe. De repente dois pastéis voam ali na Santa Ceia.

– Que é isso? Está doida?

Furiosa, alveja-o com pastéis, espirrando de gordura quente.

– Hoje sou eu.

Dá-lhe no braço, no ombro, na cabeça.

– Quem te mata sou eu.

Escada abaixo perseguindo-o, escumadeira

em punho. Ele com um livro debaixo do braço. Até que escapole aos grandes pulos.

– Seu gigolô barato.

Com os gritos surgem na porta os vizinhos.

*

– Não foi trabalhar? Está doente?
– Não quero mais te ver.
– De noite venho pegar minhas coisas.
– De noite, não. É já. Tudo arrumado.
– Agora não posso.
– Leva já. Ou jogo pela janela.

Nas duas sacolas – só vai descobrir em casa – picadinha a roupa: lenço, camisa, cueca de seda. Cuidadosamente rasgada em tiras bem pequenas – jamais a pata-choca poderá costurar.

– Entre nós tudo acabou?
– Morro de fome e não quero te ver.
– Seja feliz. Minha doce putinha. Adeus.

Cabeça baixa, uma sacola amarela em cada mão, ele desce chorando oito andares.

*

Por uma semana espera-o em vão. À noite liga a radiola e a tevê no maior volume. Arrasta as poltronas daqui para lá. Bebe e atira as garrafas na capota dos carros. Nua diante da janela, que uivem os tarados de Curitiba. O síndico exibe abaixo-assinado.

– Jurou de morte o doutor. Correu atrás dele até o sexto andar.

No oitavo dia ele volta. Em vez de entrar, bate na porta.

– A dona reclama o apartamento.
– Não quero mais você. Não se incomode.
– Eu te ajudo. Isso eu devo.
– De você não quero nada.
– Pense bem. Por que não começamos de novo? Não se fala mais no passado.

Olha assustado a parede com mil buracos. Manchas de cera vermelha e vinho tinto. O pé do sofá quebrado. Até um varal estendido na sala.

– Vai com tua irmã?
– Antes ela que você.

*

Fazem as duas a mudança. Três dias depois a descobre no emprego.

– Ué, você por aqui?

– Nunca me dá sossego?

Espera-a na porta do pequeno edifício.

– Quanto é o aluguel?

– Aqui eu tenho paz.

No aniversário chega um ramo de rosas vermelhas. Ela se nega a tocar.

– Lili, faça o que quiser.

A irmã lê o cartão na letra floreada: *Eu te amo. Como no primeiro dia. Não me deixe fazer um crime.*

Bebem e dançam a meia-luz. De repente um vulto na janela.

– Quem está aí?

*

Sempre ele. Mas como é feio!

– O que você quer?

Acende a luz, ergue o pano branco, dá com a bala de hortelã fervendo de formiguinha preta.

– Recebeu as flores?

– Ah, foi você?

– Não me convida?

– Só vagabunda. Não é companhia pra você.

Ele vai em busca da irmã:

– Por favor, me conte.

– Nunca a vi tão feliz. Fez até striptease.

A pálpebra esquerda treme sem parar. Em disfarce, ele finge coçá-la.

– Pra quem?

– Todos os rapazes.

*

Sete da manhã ele na porta do edifício.

– Como foi de festa? E o striptease?

– Que strip?

– Você subiu na mesinha. Os rapazes batiam palmas.

– ?!

– Não se rebaixe tanto. Se dê mais valor. Tem a vida pela frente. Quero o teu bem.

– Tanto que ia me enterrar viva.

– Não pode esquecer? Tudo já passou. Não basta o que sofri?

– Nunca que eu esqueço.

– Você é uma ingrata. *Olho verde* – meu pai bem disse – *é sempre falso.*

– ...

– *Fuja, meu filho. Fuja dessa loira fatal. Que desgraçou tua vida.*

– Ah, é?

– Lembra-se da primeira vez? No hotel da praia?

– ...

– Então, sim, você era pura. Fique descansada. Nunca mais te procuro.

– Adeus, João.

– Só te desejo a maior infelicidade do mundo.

– ...

– Quero te ver a última das putas!

*

Dia seguinte à espera na esquina.

– Preciso muito falar. Pelo amor de Deus.

Exige andar de mão dada. De propósito ela sai de sacola e bolsa.

– Não te quero mais. Me deixa em paz. Por favor.

– Fui ver um apartamento. Mobiliado. No teu nome.

Pode escolher restaurante, cinema, boate. Enfia na bolsa duas e três carteiras de cigarro – ele que não fuma e antes a proibia. Mais bombom recheado de licor.

– Sonho com você. Nuazinha...

– Você morreu pra mim.

– ...e rindo a cavalo no bidê.

*

Desesperada telefona para o doutor Paulo:

– Me persegue dia e noite. Assim perco o emprego. Já sofri demais. Que fique com a mulher e os seis filhos.

– Pode deixar. Eu falo com ele.

– Gostei, amei, fiz horrores. Agora tenho ódio. Só quero que ninguém goste de mim. Nunca mais.

O doutor liga no outro dia.

– Ele chorou muito. Mas prometeu. Que não te procura.

João cumpre a palavra dada ao pai. Ela nunca mais o vê. E foi tudo.

*

Seu ponto de ônibus é na Praça Tiradentes. Lá começa a frequentar o Bar Sem Nome. A mesa de canto, no fundo. Sentada de costas para o salão quase deserto. Uma noite chega-se uma ruiva pintada de ouro.

– Menina, está muito só. Venho reparando em você. Precisa falar com alguém.

Oferece-lhe o apartamento.

– Eu te apresento. Você fica à vontade.

E chamando o garçom:

– Hoje eu pago. Não exploro como essas aí. Dou a metade.

*

Tia Uda telefona para o escritório:

– Venha. É um doutor. Quer te conhecer.

Nunca vai. De noite sempre no bar, sempre na caipirinha. O garçom renova os cálices – seis, sete, oito.

– Está triste, menina?
– Mais uma.
– Quer um sanduíche?
– Só mais uma.

De táxi para casa – a irmã dorme ou faz programa.

*

A ruiva aparece no bar:
– Uma pessoa especial. Maravilhosa. Faço questão. Ela vai te adorar. E você também.
Enfeitada sai do escritório para o apartamento. Na sala a tia Uda com uma amiga.
– Não veio a pessoa?
Riram-se as duas.
– Ela está aqui.
Baixinha, cabelo curto, bonita. Calça azul, camisa branca, boné amarelo.
– Oi, tudo bem?
Tia Uda chama-a para a cozinha.
– Ela transa com moça. Paga bem. Só faz carinho.
– Nunca fiz isso. Pelo amor de Deus.
– No quarto vocês se entendem.

*

Volta para a sala, sorriso encabulado.

– Qual é a tua, Mirinha? Fim de papo. Aqui no particular.

Leva-a pela mão para o quarto. Tira a camisa – seio bonito. Tira a calça – tanga branca. Nossa, braço e perna mais cabeludos. Ela pensa: "Jesus, isso não é mulher. É homem".

– Faça de conta que é um programa. Tire a blusa.

Deixa-a de sutiã e calcinha. Começa a beijar.

– Zezé, pare com isso.

Resmunga palavrão, geme e suspira.

– Não faz mal. Com o tempo você entende.

Vestem-se e saem do quarto.

– Hoje não deu certo.

Estende uma nota grande para cada uma.

– Paz e amor. Eu te aviso, bicho.

*

Tia Uda muito curiosa:

– O que você sentiu?

– Senti nojo. Não pude aguentar.

– Ela vai te procurar. Você é o tipo que ela gosta.

De noite no Bar Sem Nome. Agora a Zezé. O que será de mim? Nunca mais chego perto. O que ele disse: *Quero te ver a última das putas.*

Dia seguinte a Zezé telefona.

– Te espero hoje. Às nove no bar. Ontem eu te vi lá.

– Não posso.

– Se não for eu vou aí. Ou à tua casa. Já tirei a tua ficha.

*

Na sexta caipirinha acha que ela não vem. Meia-noite chega esbaforida, camisa azul e calça amarela, sempre de sandália. No bicho peludo o lindo rosto gorducho.

– Não está numa boa, não é?

Pede mais uma. A Zezé paga a conta e chama o táxi.

– Para o Hotel Carioca.

Ajeita no ombro a sacola de couro.

– Chegamos de viagem. As malas na estação.

No corredor beija-a em cada espelho. Já tira a roupa, ordena bebida e salgadinho, entra no chuveiro.

– Agora a tua vez.

Começa a se esfregar.

– Eu te amo. Desde a primeira vez. É a minha perdição. Nunca mais te deixo.

Na mesma hora passa a bebedeira.

– Não sou desse tipo.

– Não sabe o que é bom. Ainda não se conhece. Me faça um carinho.

Por fim a deixa em paz. De manhã chá completo para Zezé. E uma caipirinha para ela.

*

Meia-noite de sexta-feira bate na janela.

– Não me despreze. Preciso de você. Venha comigo.

A irmã, assustada:

– Essa aí quem é?

– Depois te conto.

Sobe com ela no carrinho verde. O famoso despacho de Madame Zora para ser aprovada no vestibular. Na encruzilhada corta o pescoço da galinha – o sangue espirra na calça amarela. Depois acende as três velas no túmulo de Maria Bueno – a menina medrosa não pula o muro do cemitério.

*

Três da manhã, a irmã ainda acordada:
– Aonde você foi? Quem é essa? Tem pinta suspeita.
– Uma grande amiga minha.
De manhã recebe um ramo de rosas amarelas – *Da tua maior admiradora*. Toda tarde vai buscá-la no escritório. Chopinho. Jantar. Despede-se com forte aperto de mão.
– Uma lembrança pra você.
O precioso rádio portátil.
– Com muito carinho.
Sete voltas na roda-gigante – não foi muito bom, quer ficar de mão dada. No aniversário a aliança.
– Ponha no dedo. Agora é compromisso.
Os dois nomes ali gravados.
– Ai de você. Se te pego com algum homem. Precisa do quê? É só pedir.

De noite no velho bar, sempre de costas para o salão.

– Você está gorda. Ou inchada. Já reparou?

*

Bebendo e fumando sem parar. Belisca o amendoim e a batatinha frita. Lembra-se da maldição: *Te desejo a maior infelicidade do mundo.* Dez quilos mais, já não cabe na roupa.

– Sinto que te perdi. Não pra nenhum homem. Teu amor é a caipirinha.

Agarra-lhe o braço – onde aperta o dedo fica o sinal esbranquiçado.

– Não faz mal. Cuido de você. Ninguém te rouba de mim.

Chega-se a morena de longo cabelo preto. Faiscante de bijuteria. Dois pares de cílio postiço.

– Esta é a Jô. Grande amiga minha.

– Não é de hoje. Eu te vejo aqui. Bebendo toda noite.

De volta para o apartamento deserto: a irmã amigada com um tipo casado. Sozinha, a menina bebe, geme de dor, chora de aflição.

– Outra pessoa tomou o meu lugar.

*

Pede o sanduíche, não come. Manda de volta sem tocar. O pé inchado esconde o tornozelo. Quem não a conhece acha que é deliciosa gordinha.

– Minha casa é grande. Por que não mora comigo?

Com a Zezé vai conhecer o bangalô verde da Jô. Admiram os quartos, jardim de inverno, salinha de costura.

– Minha sala de visita.

Na parede as ondas cintilantes do papel prateado. No forro dezena de foquinhos azul, vermelho, amarelo. O enorme espelho ocupa toda a parede. Radiola e pilha de discos. Sobre o tapete dez a quinze almofadões floreados.

– Não é bárbaro? Eu mesma decorei.

Sobem a escada estreita.

– O quarto de Betinho.

O menino berrando no bercinho, único móvel do quarto.

– Que filho mais lindo você tem.

Aponta o grande retrato na parede – não é um famoso cantor?

– Até que puxou o pai. Não deu certo. Ele me deixou. Preciso de companhia.

Resmungando, a empregada troca a fralda.

– Quieto, desgracido. Para de chorar.

*

Dia seguinte Mirinha vai com a mobília: fogão, jogo de fórmica, joguinho de quarto, mesinha de falso mármore, jogo estofado de sala, tevê. Minto, a tevê no conserto, o que foi a sua salvação. E o querido vaso, branco e redondo, com pequena palmeira.

– Hoje não fico em casa.

Refugia-se no Bar Sem Nome. O que será dela? A irmã sumida. Os pais perdidos. Em busca do velho no boteco, que a mãe chama para jantar. Cabeça baixa, sempre só, diante do copo vazio – em que tanto ele pensa? Que mistério tão profundo, uma ruga na testa, decifra?

*

De volta ao bangalô, embalando a pobre coisinha, roxa de tanto chorar.

– Deus me ajude. Errei com o João. É justo que pague. E este anjinho, que culpa tem?

Pegando a mamadeira da mão da Filó:

– Me conte. Por que uma casa tão grande? Se ela vive sozinha?

– Te conto. Mas não agora. Está bêbada.

De manhã toda a mobília montada por Jô enfeita a casa.

– Aonde foi à noite?

– Queria esquecer.

– E tua irmã?

– Lá com o gigolô dela.

– Hoje ofereço jantar. Para uns amiguinhos. Eu te apresento.

Fulgurante no longo vermelho, lindo, lindo. Colares, brincos, anéis. Cílio postiço.

Mirinha de simples calça comprida e blusinha.

– Não. Não é assim que se recebe. Venha cá.

No armário exibe a coleção de vestidos de gala. Na prateleira sapatos altos, tamanquinhos, sandálias. Uma vitrina de bijuteria.

– Pode escolher.

Assenta muito bem um longo branco de margarida amarela. Cílio duplo. Sandália de trancinha dourada.

– Aperitivo. Jantar à luz de vela. Depois um som na salinha.

*

Lá no sótão o choro abafado da criança. O movimento dos carros no pátio. Sete carros, cada um com dois ou três homens. As mulheres, todas de longo, chegam de táxi. Uma preta vistosa de peruca e cílio enorme.

– Jô, eu trouxe biquíni rosa.

– E o meu é azul.

Os homens com garrafas. Todos apinhados na salinha. Assustada, ela esconde-se no quarto.

– Mirinha, abra. Conhecer um senhor. Muito distinto.

Todos com mais de trinta anos. O doutor de cabelo grisalho segura-a pelo braço.

– Você vem comigo.

Os pares já no maior agarramento.

– Cadê o meu copo, Filó? Mais gelo.

O doutor começa a abraçar e beijar. Todos bebendo, rindo, cantando. A pequena sala abafada de fumaça do cigarro. A negra Malu em casacão de pele e biquíni branco se requebra diante do espelho. Alguns homens já tiram a roupa. A preta inteirinha nua. Rolando nos almofadões com seu par. Mais de trinta pessoas ali na salinha.

– Só falta a Mirinha.

– Me desculpe. Isso não.

*

Todas fazem aquelas artes. Por último a Jô no transparente biquíni dourado. Com três perucas. As poses arrancam palmas e assobios. Saracoteia com a música. No tapete a marca do pé molhado de suor. O biquíni cai. Do parceiro cai a roupa. Os dois rebolando nos almofadões na frente de todos.

Três da manhã. Um em cima do outro. Depois a troca de pares.

– Onde é que vim parar? Eu não sabia. Nunca esperei isso.

Cambaleia até a cozinha:

— Filó, me acuda.

Agarra a criança e tranca-se no quarto, os dois chorando. Em vão o doutor bate na porta.

— Abra. Por favor. Só falar com você. Abra. Senão arrebento.

*

Com a manhã os homens se vão. A mulherada caída pelos cantos. A casa pestilenta de mil cigarros, bebida, cadela molhada. O cílio derretido na cara medonha da ressaca.

— Não te vi, loirinha. Onde se meteu?

— Gostou, não foi? Viu só como é bom?

Quando as duas voltam a ficar sós:

— Viu como é fácil? Esse o meu sistema de vida. Faço isso pelo meu filho. Só por ele. Os coronéis pagam tudo.

— Me perdoe, Jô. Não sirvo pra essa vida.

A Filó esfregando a mão no avental sujo:

— Não tem leite pra criança, dona Jô. Ela se arrebenta de tanto chorar. Será que doentinha?

A Jô, essa, nem uma vez consulta o médico.

*

A cada festinha – duas a três por semana – foge para o Bar Sem Nome. Bebendo e vendo tudo na parede à sua frente. Quem está sorrindo ao lado?

– Você por aqui?

– Fugi da Jô.

– Já brigaram?

– Ela é cafetina. E a casa, de programa.

– E você não sabia?

– Ninguém me avisou. Nem você.

– Todo homem é nojento.

Duas horas, fecha o boteco.

– Pra casa não vou.

– Vamos curtir. Nós duas numa boa.

Desce com ela a escada do inferninho de tia Hilda.

– Vamos dançar.

Só de longe, nada de agarradinho.

*

Uma terceira bailarina insinua-se entre as duas.

– Por que me roubou a Zezé?

– Ela que me trouxe. Sou amiga. Nada mais.

Já se agarra aos tapas com a Zezé.

– Vamos embora. Por favor.

– Está bem. Dei uma lição nessa vigarista.

– Meu Deus. Não posso ir pra casa. Ainda é cedo.

– Agora o Bar do Luís.

Onde é beijada na boca pelas mulheres que chegam.

– É essa aí? Teu novo caso?

– Deixa a menina em paz.

Uma loira magrela chama a Zezé para o banheiro. Sai furiosa, resmungando.

– Vamos já daqui.

– O que foi?

Mais pálida que a calça amarela.

– A tipinha cismou com você. Quase me peguei com ela.

*

Chegam quando saem os carros em fila do portão. Com sono, ressaca, desespero. Longo banho de chuveiro. Quem atrás dela? A Zezé, cabelo molhado, em tanguinha – toda cabeluda. Aquele calorão, subindo e descendo, senta-se na cama.

– Estou sem sono.

Suspirosa, a gorda estende-se na cama de casal. A menina senta-se no banquinho da penteadeira. A Zezé roncando medonha, teta de fora. A outra em claro, cabeceando ali sentada – "tudo errado na minha vida".

Sete da manhã com a Filó na cozinha. Em cada canto boceja uma bandida.

– Como é que a deixou dormir com você? Na tua cama? Sabe que é violenta? Tome cuidado. Que ela te incomoda. Não pode ver homem por perto.

– E agora? O que eu faço?

– Acorde. E mande embora. Dê o desprezo.

Ela que nunca deu o desprezo para ninguém.

*

– Aonde você foi? – pergunta a Jô.

– Encontrei a Zezé. Está dormindo.

– No teu quarto? Ai, menina. Fez uma loucura. Essa tipa não te larga. Nunca mais. Transou com uma guria daqui. Brigaram aos tapas. Diga adeus pro teu homem.

– ...

– Deus queira. Que não viu nada em você.

À uma da tarde ela acorda.

– Cadê a Mirinha?

– Está com o menino. O que você quer?

– Quero a Mirinha.

De sandália, tanga e sutiã. Um beijo molhado no rosto, que a moça não pode evitar.

– Cansada, meu bem?

– Não dormi a noite inteira.

– Oi, Jô. Um papo com você. Muito sério.

*

As duas vão para o jardim de inverno. De vez em quando uma olha para ela.

Que está apaixonada. Pede para frequentar a casa. Paga por ela qualquer despesa. Só não quer perdê-la. A menina que procurou toda a vida.

– Ai, meu Deus. Não pode ser. Preciso de homem. De um emprego. Arrumar minha vida.

– Agora é tarde.

Toda manhã chega no carrinho verde com a sacola de pão, leite, queijo, laranja, presunto. No almoço, ovos e carne. À noite jantam no restaurante. Ai dela se olha ou sorri para o lado.

– O que está olhando?

Proibida de cumprimentar qualquer conhecido.

– Hoje é noite especial.

Jantar à luz de vela. Terninho azul de brim, camisa branca, carão lavado. A capanga na mão. Pede vinho tinto, ela serve.

– Negócio seguinte. Estou a fim de você.

*

Mirinha começa a tremer.

– Preciso de uma menina. Como você. A Jô não te falou? Ela me deu permissão. Posso te salvar. Depende de você. Não deixo faltar nada. Te dou tudo o que pedir.

– O que você quer de mim?

– Quero você. Só as duas. Assim um homem e uma mulher. Você é o meu amor. Quero que seja minha. Agora me responda.

– Eu errei, Zezé. Deixei meus pais. Perdi minha irmã. Não sabia quem era a Jô. Nunca transei com mulher. E não quero. Não posso te ver de manhã ao meu lado. Fiquei a noite inteira sentada no banquinho. Quer minha amizade? Você pode ter. Mais nada.

A gorda quase chorando.

– Não é possível. Pensei que estivesse com tudo. A Jô me garantiu. Se é assim...

Forte ela bufa quando contrariada. Sopra com fúria uma e outra vela.

– ...vamos já embora.

As duas sem um pio até a casa.

– Não quer descer?

Sem responder, Zezé passa para o banco da frente, ao lado do motorista. E manda tocar depressa.

*

A Filó acordada na cozinha.

– Como foi com a tal?

– Jantei com ela. Conversamos. Queria montar apartamento. Só pras duas. Queria um filho pra criar. Como se fosse meu e dela.

– Não é louca? O que te falei? E você o que respondeu?

– Podíamos ser amigas. Nada mais que amigas. Não quero uma mulher pra dormir comigo. Me deixou aqui. Não disse boa noite. Passou pro banco da frente. E se arrancou, braba.

A Jô bate na porta.

– Por que se fechou?

– Medo que a Zezé volte.

– Mais homem que a Zezé não existe. Com ela está com tudo.

– E que futuro ela me dá?

– Só depende de você. Basta não ser boba.

A Zezé chega. Ela se tranca quietinha no quarto, embalando a criança para não chorar. A tal não quer saber de outra moça da Jô.

– Por que fugir dela? Tempo de acabar com isso.

*

A Jô telefona a um cliente, marca para as três da tarde. Enfeita a menina, deslumbrante no cílio postiço, quimono de seda azul, chinelinho vermelho de pompom. Na sala os dois conversando, reclinados nos almofadões. Chama-se Gaspar, cinquenta anos, mão fria. Ela prolonga a conversa até que a Zezé chegue.

Já deitada no colo do tipo, ao ouvir a voz grossa.

– Cadê a Mirinha?

Com violência abre a porta, as duas mãos no batente. Arregala o olho, bufante:

– Você está aqui?

A menina continua aos beijos. O doutor pergunta:

– Quem é?

– Uma amiga da Jô.

Bate a porta e sai furiosa. Aos berros com a Filó na cozinha.

– Ela queria esperar. Pra te dar uns tapas. Afinal desistiu.

*

Depois das três, a Jô telefona para os clientes. Fazem sala a Mirinha e duas ou três meninas.

– O dinheiro do quarto é meu.

Mesmo que não vá para o quarto. Mais a metade de cada programa.

– Não pode dizer não. Não tem feio nem velho. No quarto não mais que dez minutos. Senão bato na porta. Quantos forem, dois, cinco, sete, deve ir com todos. Sempre bem-disposta.

O senhor distinto, gravata e pasta. Ao tirar a roupa, ai que nojento. Ainda bem, nada consegue.

– Esse não quero mais. Puxa, nunca sofri assim.

– Ainda não sabe de nada, menina.

*

Outro não a toca. Deitados na cama, ele vestido, ela nua. Pede que apague a luz. E alivia-se quieto e sozinho. Além de pagar, dá-lhe vidrinho de perfume francês.

Um tem a mão fria. Outro, erisipela – o medo que pegue. De outro o coração bate mais alto que o reloginho no pulso.

São casados. Mais de trinta anos. Ela conhece todos os tipos. Até um pastor da igreja dos últimos dias. Minto, só falta um negro. E um rabino de chapéu.

*

Chove a tarde inteira. Você aparece? Nem eu. A Jô desesperada – um dia perdido.

– Algum não gosta que beije na boca. Outro só quer que beije. Outro quer diferente. A todos precisa agradar.

Na sala cruza a perna e acende o cigarro. Um chega, olha, vão para o quarto. Nem pergunta o nome. Tudo o outro quer saber: a primeira vez com o noivo, a dor que sentiu.

Dez minutos, a Jô bate na porta.

– Oi, loira. Tem gente esperando.

Ele, pelado. Ela, de roupa.

– Deite-se. Não. Eu que tiro.

Nu, mas de óculo. Beija desde a ponta do pé.

Puxa a calcinha e rasga. Pasta e babuja em volta do umbigo.

— Um grande porco. Demorou quase meia hora. Você não bateu na porta.

*

Poucos repetem. Querem sempre novidade.

— Seja boba, menina. É moça e bonita. Já aparece um coronel. Monta apartamento. Te cobre de joia.

Há de tudo. Magrinho, delicado, gentilíssimo. Gordo, bigodudo, soprando forte.

— Depressa. Deixei a loja aberta.

Um peludo. Outro branquinho, nem um cabelo no peito. Só tirar a roupa – tão elegante e bem-educado –, como é imundo. Estende-se na cama, abre os braços.

— Venha.

Ela não quer. Brabo, ele se veste. Paga só o quarto.

— Tem que aceitar. Não pode ter luxo. Quem aparece tem que ir. Como é que pago o aluguel? Mais a luz, a água, a Filó?

O bravo senhor que traz chicotinho e pede para apanhar. O mais bem-vestido é o maior tarado. Deixa de contá-los, são mais de mil. Com nem um só, nem uma vez, ela goza.

*

À noite fazem a ronda nas casas de jogo – o paraíso dos homens da Jô.

Uma vez a Jô com o Gaspar. Ela com um velhinho, magrinho, baixinho. Cabelo branco, corcunda dos anos. O carrão preto ali no pátio.

Na sala a música em surdina. Um litro de uísque, os copos no chão. A Jô se contorce diante do espelho.

– Agora é você.

Ao beber para ganhar coragem vê no fundo o pozinho meio derretido.

– Jô, o que tem neste copo?
– Nada.
– Então está sujo.

O velhinho cheira:

– Não tome.

Sem estar bêbada, a cabeça gira. Chorando de medo.

– Uma festinha, os quatro.

– Não quero. Não estou bem. Preciso de ar.

*

Dia seguinte cabeça pesada e língua brancosa.

– Estragou a festa – disse a Jô. – Não conte mais comigo. Vire-se sozinha.

– Por que me emboletou?

Já não a convida para o jantar.

– Onde está a loira?

– Lá no quarto. Ou no Bar Sem Nome. Só gosta de mulher.

Começo da noite a Filó traz a garrafa. Aceita um gole e corre para a cozinha. A menina bebe no gargalo, ouvindo a algazarra na sala. Enxuga a última lágrima, já não tem olho para chorar. Não sabe que dia é. Acende um cigarro no outro, duas a três carteiras por dia. O trêmulo dedo amarelo, a unha de luto. O radinho sempre ligado até que gasta a pilha – nunca mais a substitui. Sozinha com seu pensamento. De manhã passa pelo sono, bêbada, a garrafa vazia.

*

– Hoje é festa de aniversário. Duas amigas cariocas da Jô. A Zezé também vem. Com a noiva.

A Filó faz pudim de ameixa, gelatina verde, torta de nozes. As cariocas, duas bandidas velhas. Mais umas vinte pistoleiras.

A Zezé na porta do quarto:

– Oi, tudo bem? Devo te contar. Estou casada. Com a Dalila.

Acena de longe a loira magrela e feinha.

– Sei que teve um caso com você. Quem sabe a gente transa. Nós três.

– Não houve nada. Só amizade.

– Não está numa boa, hein? Você me desprezou? Agora chore, menina.

*

Chegam os homens. Uma zorra violenta. O som ao máximo – os vizinhos reclamando. No quarto, ela bebe na garrafa de rótulo amarelo. Demais a gritaria, fecha-se no guarda-roupa. Encolhida, a cabeça no joelho, mãe embalando o seu nenê, que é ela mesma. Lá fora a festa selvagem. De repente o silêncio no fundo negro do poço: ela escuta a unha crescer.

*

De manhã sobra um cara, podre de bêbado. Boceja na sala, pelado.

– Que hora, Jô?

Sábado para domingo.

– Minha mulher! Estou perdido. Por que não me acordou?

– Você não está em condições.

Banho frio de chuveiro, veste-se aflito.

– Ai, Jô. Essa não. Só a mim.

– O que foi?

– Um anel de brilhante. O par de alianças. Minhas bodas de prata. Sumiram do bolso.

– Minhas meninas não foram.

*

– Eu sei. Foi a nega Malu. Que dormiu comigo.

– Eu não peguei. Juro por Deus.

– Se não aparecem chamo a polícia. O delegado é meu amigo. Pior para você. Que fica fichada.

Possesso, revira os almofadões, rasga o papel prateado da parede.

– Quero ver. Meu anel e minhas alianças. Ou todo mundo preso.

Rebenta dois copos. No quarto derrama os frascos da penteadeira. Arranca a tromba do elefante vermelho.

A Zezé na cozinha protege a sua loira magrela. Em cada canto chora uma bandida. Ele revista uma por uma.

– Agora o strip é na polícia.

A Malu cai de joelho e mão posta.

– Me perdoe. Não sei por quê. Onde com a cabeça? Bebi demais. Só não me bata.

Chorando entrega o brilhante e as alianças. De vingança ele a fecha na sala e carrega a chave.

*

Mirinha no santuário do quarto. Olhando a fumaça do cigarro. Não se lava, não se penteia, não se pinta. Segura-se para não ir ao banheiro, nojo das toalhas e panos úmidos pelo chão. Não faz programa, não ganha dinheiro, não pode ir ao Bar Sem Nome.

Uma tarde a Jô bate na porta.

– Quero falar com você.

Mirinha no banco da penteadeira escova o cabelo sem brilho. Jô senta-se na cama, as duas se olham no espelho.

– Por que não faz programa?

– Não posso. Estou doente.

– Relaxada assim ninguém te quer.

Solta uma gargalhada, vira o branco do olho, esperneia de costas na cama.

– Acuda, Filó. A Jô com ataque.

Correndo, a pobre, uma perna mais curta.

– Ela recebeu. É o guia.

Espuma, rilhando o dente. Estrala os dedos retorcidos. Resmunga palavrão. A cama range com os tremeliques.

– O guia gosta de judiar.

*

A Filó traz o álcool que ela pede. Derrama na mão e risca um fósforo – corre o fogo pelo braço sem queimar. Depois quer uma vela. A Filó acende. Ela pinga nos dois braços. E descola as gotas de cera – nenhum sinal na pele.

– Me duvida, menina? Você quer fugir. De mim não escapa.

Na boca pintada uma voz rouca de homem. Boceja:

– Ai, que sono.

Sai amparada na Filó. A menina distrai-se com o nenê, dá-lhe a mamadeira, faz-lhe cosquinha. Cobre de talco as feridinhas de tanto se coçar.

*

À tarde, a Jô correndo atrás do gigolô, a campainha faz dlim-dlom. Uma fulana toda de preto.

– A Jô está?
– Saiu. Logo volta.
– E o Betinho?

– Dormindo.

– Posso ver?

– Só pulando o muro. Sem a chave do portão.

Sobem ao sótão, aquele calor medonho.

– Deus do céu. Meu filho morre aqui.

Atrás a Filó resfolegante:

– Leve o teu filho. Passando fome e horrores. Olhe só o corpinho.

Mesmo no sono ele se arranha em carne viva.

– Assim que ela cria? Como o filho dela? É muito meu. Agora melhor de vida. Preciso salvar.

– Não posso. Espere a volta da Jô.

– Aqui meu endereço. Se ela quiser, que me procure.

– Deixe que leve o coitadinho. É a mãe dele.

Sai correndo com o pequeno nos braços.

*

As duas ouvem a porta do táxi. A Zezé chega alegrinha:

— Alguma menina nova? Que silêncio. Cadê o piá?

— A mãe veio aqui e levou.

— Ai, Mirinha. A Jô te mata. A arma dela é o Betinho. Pra arrancar dinheiro dos coronéis.

Já saltando o muro:

— Não quero nem ver. Ela vai te matar.

À espera da Jô, ela e a Filó bebendo na mesma garrafa.

— O que as duas fazendo? Onde está o Betinho?

— Não está mais aqui.

— O quê? E onde está?

— Aqui o endereço. A mãe levou.

— Não podia entregar. O filho é meu. Ela me deu. Já vou buscar. E de volta não quero te ver. Nunca mais.

*

Um ano e um mês no casarão verde. Cada dia mais porca, imunda, nojenta. Pelas seis da tarde a Filó chega com a garrafa. Aceita um gole e volta para a cozinha. Ouvindo a algazarra, ela bebe e fuma a noite inteira. Entre as gargalhadas, palmas e gritos, escuta o choro da criança. Olho parado nas manchas de goteira no forro. Lembra-se do pai sozinho na mesa do boteco. No que tanto pensa diante do seu copo? Sabe agora. Feito ela, não pensa em nada.

Não senta-se à mesa, pagar com que dinheiro? Rói um naco de pão seco. Ou uma velha banana caturra esquecida no guarda-roupa. Uma vez a Filó trouxe fatia de bolo de fubá.

*

Cabelo até a cintura, dorme de roupa, fedida de cachaça. Duas ou três revistas no chão, sempre as mesmas, que folheia sem ver. Arrasta-se até a cortina manchada de pó, o suor frio na testa – ali no jardim do vizinho a jovem mãe brinca com o filhinho, rindo os dois e se beijando.

Olhinho vermelho, espia-se no espelho, mais de oitenta quilos. "Meu Deus, essa aí quem é? O que aconteceu comigo? Que fim levou quem eu era?" Diverte-se a enfiar o dedo na carne balofa – a pele afunda e não recua.

*

– Por que não procura tua mãe?

A Filó compra-lhe vestidinho – já não cabe na roupa –, e às cinco da tarde empurra o portão de ripas. Entra pelos fundos. A mãe sentada na cadeira de palha, ao lado do fogão de lenha.

– Meu Jesus. É você? Não parece a mesma.

– Sou eu. Sua filha.

– O que você quer?

– Vim ver a mãe.

– Bem de vida, hein? Pra engordar assim. O que tem feito?

– Ninguém sabe o que sofri. Não aguento mais. A mãe não me aceita de volta?

– Tenho de pensar.

– Volto na outra semana.

– Vou falar com teu pai.

Não a abraça nem beija. Pudera, você mesma não sente nojo?

*

— E tua mãe? Como te recebeu?

— Como a filha morta.

A Jô passa cantando com o filho nos braços.

— Você pega o que é teu. Amanhã sem falta. E some daqui.

— Agora não posso. Estou procurando emprego.

— O aluguel seis meses atrasado. O dono pediu a casa. Amanhã o último prazo.

Chega o caminhão da mudança. A Jô nem permite que se despeça da criança e da Filó.

— Os teus móveis ficam. Pra cobrir o aluguel.

— É tudo o que tenho.

*

Esfrega a mãozinha no desespero de lhe roubarem as coisas queridas. O liquidificador furado. Balcão de fórmica descascada. Panelas encardidas. Cadeiras de parafusos soltos. O fogãozinho azul de botões arrancados. Cortinas que se esfarelam entre os dedos. Salva a tevê, ainda no conserto, sem dinheiro para retirá-la.

E o precioso vaso da palmeirinha que fim levou? Ao arrumar a trouxa dá pela falta de blusa, fronha, toalha. Até a pulseira prateada.

– Ela paga tuas garrafas levadas pela Filó.

*

Enfia-se com dificuldade na jardineira azul de bolinha branca – os botões estourando –, aturdida à luz do sol. Cabe tudo na pequena trouxa, os rolos coloridos de cabelo, o famoso frasco de perfume francês.

Um coração bondoso é o dono da casa, que vigia a mudança.

– Pobre menina. Te arrumo um cantinho.

Lá nos fundos abre a velha garagem – o enorme caminhão sem rodas, suspenso nos palanques. Um mísero colchão debaixo da carcaça – ela não pode ficar de pé. Mil frestas na porta. Lata furada, pneu careca, rolo de arame, garrafa vazia.

Na caixinha de papelão todo o seu tesouro: a trouxa de roupa, bijuteria barata, alguma louça, umas panelas. Sem luz nem água: "Onde é que vou me lavar? O que vou comer?".

— Até achar emprego. Vendo os trastes. Se sobrar te dou uns trocados.

*

À noite pula o muro, escondida, para usar a torneira do tanque. Compra a salvadora garrafa. Mais pão e banana. Esbarra em teia de aranha. Encolhida no colchão empedrado, a crina de fora. Coça o braço e a perna balofos até sair sangue. Se algum maloqueiro abre a porta – uma simples tramela podre? No seu estado, assim relaxada e imunda, a deixará em paz. Ninguém terá coragem de chegar perto.

Cata farrapo de papel e toco de lápis. Vai ao ninho da Lili – a casa escura, tudo fechado. "Será que viajou?" O mato cobre o jardinzinho, lixo, poeira. "Não mora mais aqui?"

Bate na janela, nada. Rabisca no papel de embrulho: *Estive aqui. Preciso falar com você.* Enfia o bilhete debaixo da porta. Já na rua, ouve o estalido da chave.

*

– É você?

E acende a luz: outra que apodrece. Tão ruim quanto ela. Desfigurada de tão magra.

Cruzam a sala vazia, entram no quarto. Ali no chão uma garrafa, um copo, uma casquinha de limão. Uma garrafa, um copo, uma casquinha de limão. A mesma garrafa de rótulo amarelo e letra vermelha.

No canto a radiola inútil, braço torto, pilha de discos partidos. O pobre acolchoado, um cobertorzinho xadrez, travesseiro sem fronha.

– O que é isso?

A irmã pega-a pela mão e conduz através da casa: mais nada.

*

– Que tristeza. Cadê o...
– Não está mais. Não tem mais.
– E o teu grande amor?
– Brigou. Me bateu. Eu fugi. Quando voltei, a casa vazia. Carregou tudo no caminhão.

Na cozinha um fogareirinho, uma xicrinha, um pratinho.

– Lili do céu. Não pode se entregar.

– Sem ele não sou ninguém.

– Ah, se você soubesse. Eu ainda pior. Numa garagem. Debaixo do caminhão. E essas garrafas? Não me diga que...

*

Com o dinheiro da irmã, corre ao boteco. Traz duas garrafas e quatro limões.

– Ao menos é uma casa. Com luz e água.

Alinhados em volta da cama a garrafa, o copo, a casquinha. A garrafa, o copo, a casquinha.

– Hoje, sim, vamos beber. Você não tomou nem a metade.

– Não posso ficar. A dona me despejou. Nem sair. Pra onde vou? Sem dinheiro. Sem emprego.

Sentadas no chão, bebendo deliciadas, entre choros e risos.

– Não é engraçado? Uma, a garrafa encolheu. Outra, a mesma garrafa inchou.

– Um segundo pai. Que me ensinou a dançar tango.

Ainda perdida pelo seu gigolô barato.

– O peito é um pelego de cabelo crespo. Ai, me deito e rolo naquele tapete mais negro.

– Onde está agora? Por ele você esquecia tudo.

Funda olheira roxa. Carinha amarela. Despenteada. Mas com anel de brilhante.

– O único presente que me deu.

*

– O que acha? Voltar pra casa? Não está arrependida? Por que não pede perdão? A mãe quer um prazo.

– Não volto. Eu não. Morro mas não volto. Por que não vem pra cá? Ao menos estamos juntas.

– Não posso. Se eu vier, amanhã será tarde. Não posso mais. Cansei dessa vida. De ser lixo.

Sem acreditar entra debaixo do chuveiro frio. Há quantos dias, semanas, meses não toma banho?

E agora? Deixar o luxo de uma casa, apesar de vazia. Voltar para o seu barracão. Para a cachaça, o pão, a banana. "Ao menos fedida não estou."

*

Com o último dinheiro compra o vestido branco de lista azul e a sandália amarela. De manhã e de tarde escova ferozmente o cabelo dourado. Aguenta mais uma semana no barracão. Era a cachaça – ou era Deus? Sem sair, de vergonha. À noite pula o muro atrás da torneira do tanque. Até hoje naquela garagem se não...

Uma segunda-feira de junho. Veste a roupinha. Chega em casa às quatro da tarde. A mãe na cadeira de palha ao lado do fogão de lenha.

*

– Aqui estou. A mãe com tempo de pensar. Já decidiu com o pai. Me aceita ou não.
– Falei com teu pai. Os dois pensamos bem.
– Posso voltar?
– Tem uma condição.
– ...
– Começa vida nova.

– Quando posso vir?

A mãe fica de pé e abre os braços.

– Desde hoje. Você aprendeu. Eu te perdoo.

Chorando abraçadas no limiar do quarto – vazio como da última vez.

– Preciso de colchão.

– Já tenho um.

– Vou buscar minhas coisas.

– Só não quero que me conte. De nada quero saber.

Na porta da garagem encontra o dono.

– Quanto lhe devo? E os meus trastes?

– Já vendi. O dinheiro não sobrou.

– Até o vaso da palmeirinha?

– Tudo.

Junta os trapos. Chama o táxi. Nada mais leva, nada mais tem.

*

Ela e a mãe descem ao porão. A velha separa no cabo da vassoura as peças de roupa e faz um monte. Não poupa nem uma caixa de fósforo. Despeja a garrafa de álcool e põe fogo.

– Tire esse vestido.

É o vestidinho novo. Com a sandália na fogueira.

– Espere. Mais uma coisa.

Pega a tesoura. Recolhe o cabelo comprido até a cintura. Corta rente à nuca.

– Agora o chuveiro.

Na máquina a mãe costura quimono simples de algodãozinho.

– De novo a minha filha.

*

Prepara caldo magro. Bife na chapa, que ela mastiga com ânsia. Gemada mais cálice de vinho branco. Traz bacia de água quente com sal onde ela mergulha o pé disforme.

Ao ouvir o passo cansado na escada, corre para o quarto. A voz rouca do pai:

– Quem está aí?

– Alegre-se, meu velho. A tua filha voltou.

– Essa gorda?

Acorda no meio da noite. Escuta-o que, de mansinho, acende a luz e fica longamente parado na porta.

De manhã pai e filha cruzam na cozinha sem uma palavra.

Para os dois ela nunca saiu de casa.

Coleção L&PM POCKET (LANÇAMENTOS MAIS RECENTES)

217. **Os sofrimentos do jovem Werther** – Goethe
218. **Fedra** – Racine / Trad. Millôr Fernandes
219. **O vampiro de Sussex** – Conan Doyle
220. **Sonho de uma noite de verão** – Shakespeare
221. **Dias e noites de amor e de guerra** – Galeano
222. **O Profeta** – Khalil Gibran
223. **Flávia, cabeça, tronco e membros** – M. Fernandes
224. **Guia da ópera** – Jeanne Suhamy
225. **Macário** – Álvares de Azevedo
226. **Etiqueta na prática** – Celia Ribeiro
227. **Manifesto do partido comunista** – Marx & Engels
228. **Poemas** – Millôr Fernandes
229. **Um inimigo do povo** – Henrik Ibsen
230. **O paraíso destruído** – Frei B. de las Casas
231. **O gato no escuro** – Josué Guimarães
232. **O mágico de Oz** – L. Frank Baum
233. **Armas no Cyrano's** – Raymond Chandler
234. **Max e os felinos** – Moacyr Scliar
235. **Nos céus de Paris** – Alcy Cheuiche
236. **Os bandoleiros** – Schiller
237. **A primeira coisa que eu botei na boca** – Deonísio da Silva
238. **As aventuras de Simbad, o marújo**
239. **O retrato de Dorian Gray** – Oscar Wilde
240. **A carteira de meu tio** – J. Manuel de Macedo
241. **A luneta mágica** – J. Manuel de Macedo
242. **A metamorfose** – Kafka
243. **A flecha de ouro** – Joseph Conrad
244. **A ilha do tesouro** – R. L. Stevenson
245. **Marx - Vida & Obra** – José A. Giannotti
246. **Gênesis**
247. **Unidos para sempre** – Ruth Rendell
248. **A arte de amar** – Ovídio
249. **O sono eterno** – Raymond Chandler
250. **Novas receitas do Anonymus Gourmet** – J.A.P.M.
251. **A nova catacumba** – Arthur Conan Doyle
252. **Dr. Negro** – Arthur Conan Doyle
253. **Os voluntários** – Moacyr Scliar
254. **A bela adormecida** – Irmãos Grimm
255. **O príncipe sapo** – Irmãos Grimm
256. **Confissões e Memórias** – H. Heine
257. **Viva o Alegrete** – Sergio Faraco
258. **Vou estar esperando** – R. Chandler
259. **A senhora Beate e seu filho** – Schnitzler
260. **O ovo apunhalado** – Caio Fernando Abreu
261. **O ciclo das águas** – Moacyr Scliar
262. **Millôr Definitivo** – Millôr Fernandes
264. **Viagem ao centro da Terra** – Júlio Verne
265. **A dama do lago** – Raymond Chandler
266. **Caninos brancos** – Jack London
267. **O médico e o monstro** – R. L. Stevenson
268. **A tempestade** – William Shakespeare
269. **Assassinatos na rua Morgue** – E. Allan Poe
270. **99 corruíras nanicas** – Dalton Trevisan
271. **Broqueis** – Cruz e Sousa
272. **Mês de cães danados** – Moacyr Scliar
273. **Anarquistas – vol. 1 – A idéia** – G. Woodcock
274. **Anarquistas – vol. 2 – O movimento** – G. Woodcock
275. **Pai e filho, filho e pai** – Moacyr Scliar
276. **As aventuras de Tom Sawyer** – Mark Twain
277. **Muito barulho por nada** – W. Shakespeare
278. **Elogio da loucura** – Erasmo
279. **Autobiografia de Alice B. Toklas** – G. Stein
280. **O chamado da floresta** – J. London
281. **Uma agulha para o diabo** – Ruth Rendell
282. **Verdes vales do fim do mundo** – A. Bivar
283. **Ovelhas negras** – Caio Fernando Abreu
284. **O fantasma de Canterville** – O. Wilde
285. **Receitas de Yayá Ribeiro** – Celia Ribeiro
286. **A galinha degolada** – H. Quiroga
287. **O último adeus de Sherlock Holmes** – Conan Doyle
288. **A. Gourmet *em* Histórias de cama & mesa** – A. Pinheiro Machado
289. **Topless** – Martha Medeiros
290. **Mais receitas do Anonymus Gourmet** – J. Pinheiro Machado
291. **Origens do discurso democrático** – D. Schül
292. **Humor politicamente incorreto** – Nani
293. **O teatro do bem e do mal** – E. Galeano
294. **Garibaldi & Manoela** – J. Guimarães
295. **10 dias que abalaram o mundo** – John Reed
296. **Numa fria** – Bukowski
297. **Poesia de Florbela Espanca** vol. 1
298. **Poesia de Florbela Espanca** vol. 2
299. **Escreva certo** – E. Oliveira e M. E. Bernd
300. **O vermelho e o negro** – Stendhal
301. **Ecce homo** – Friedrich Nietzsche
302(7). **Comer bem, sem culpa** – Dr. Fernando Lucchese, A. Gourmet e Iotti
303. **O livro de Cesário Verde** – Cesário Verde
305. **100 receitas de macarrão** – S. Lancellotti
306. **160 receitas de molhos** – S. Lancellotti
307. **100 receitas light** – H. e Â. Tonetto
308. **100 receitas de sobremesas** – Celia Ribeiro
309. **Mais de 100 dicas de churrasco** – Leo Diziekaniak
310. **100 receitas de acompanhamentos** – C. Cabeda
311. **Honra ou vendetta** – S. Lancellotti
312. **A alma do homem sob o socialismo** – Oscar Wilde
313. **Tudo sobre Yôga** – Mestre De Rose
314. **Os varões assinalados** – Tabajara Ruas
315. **Édipo em Colono** – Sófocles
316. **Lisístrata** – Aristófanes / trad. Millôr
317. **Sonhos de Bunker Hill** – John Fante
318. **Os deuses de Raquel** – Moacyr Scliar
319. **O colosso de Marússia** – Henry Miller
320. **As eruditas** – Molière / trad. Millôr
321. **Radicci 1** – Iotti
322. **Os Sete contra Tebas** – Ésquilo
323. **Brasil Terra à vista** – Eduardo Bueno
324. **Radicci 2** – Iotti
325. **Júlio César** – William Shakespeare
326. **A carta de Pero Vaz de Caminha**
327. **Cozinha Clássica** – Sílvio Lancellotti
328. **Madame Bovary** – Gustave Flaubert
329. **Dicionário do viajante insólito** – M. Scliar
330. **O capitão saiu para o almoço...** – Bukowski

1. A carta roubada – Edgar Allan Poe
2. É tarde para saber – Josué Guimarães
3. O livro de bolso da Astrologia – Maggy Harrisonx e Mellina Li
4. 1933 foi um ano ruim – John Fante
5. 100 receitas de arroz – Aninha Comas
6. Guia prático do Português correto – vol. 1 – Cláudio Moreno
7. Bartleby, o escriturário – H. Melville
8. Enterrem meu coração na curva do rio – Dee Brown
9. Um conto de Natal – Charles Dickens
10. Cozinha sem segredos – J. A. P. Machado
11. A dama das Camélias – A. Dumas Filho
12. Alimentação saudável – H. e Â. Tonetto
13. Continhos galantes – Dalton Trevisan
14. A Divina Comédia – Dante Alighieri
15. A Dupla Sertanojo – Santiago
16. Cavalos do amanhecer – Mario Arregui
17. Biografia de Vincent van Gogh por sua cunhada – Jo van Gogh-Bonger
18. Radicci 3 – Iotti
19. Nada de novo no front – E. M. Remarque
50. A hora dos assassinos – Henry Miller
51. Flush – Memórias de um cão – Virginia Woolf
52. A guerra no Bom Fim – M. Scliar
53. (1). O caso Saint-Fiacre – Simenon
54. (2). Morte na alta sociedade – Simenon
55. (3). O cão amarelo – Simenon
56. (4). Maigret e o homem do banco – Simenon
57. As uvas e o vento – Pablo Neruda
58. On the road – Jack Kerouac
359. O coração amarelo – Pablo Neruda
360. Livro das perguntas – Pablo Neruda
361. Noite de Reis – William Shakespeare
362. Manual de Ecologia – vol.1 – J. Lutzenberger
363. O mais longo dos dias – Cornelius Ryan
364. Foi bom prá você? – Nani
365. Crepusculário – Pablo Neruda
366. A comédia dos erros – Shakespeare
367. (5). A primeira investigação de Maigret – Simenon
368. (6). As férias de Maigret – Simenon
369. Mate-me por favor (vol.1) – L. McNeil
370. Mate-me por favor (vol.2) – L. McNeil
371. Carta ao pai – Kafka
372. Os vagabundos iluminados – J. Kerouac
373. (7). O enforcado – Simenon
374. (8). A fúria de Maigret – Simenon
375. Vargas, uma biografia política – H. Silva
376. Poesia reunida (vol.1) – A. R. de Sant'Anna
377. Poesia reunida (vol.2) – A. R. de Sant'Anna
378. Alice no país do espelho – Lewis Carroll
379. Residência na Terra 1 – Pablo Neruda
380. Residência na Terra 2 – Pablo Neruda
381. Terceira Residência – Pablo Neruda
382. O delírio amoroso – Bocage
383. Futebol ao sol e à sombra – E. Galeano
384. (9). O porto das brumas – Simenon
385. (10). Maigret e seu morto – Simenon
386. Radicci 4 – Iotti
387. Boas maneiras & sucesso nos negócios – Celia Ribeiro
388. Uma história Farroupilha – M. Scliar
389. Na mesa ninguém envelhece – J. A. Pinheiro Machado
390. 200 receitas inéditas do Anonymus Gourmet – J. A. Pinheiro Machado
391. Guia prático do Português correto – vol.2 – Cláudio Moreno
392. Breviário das terras do Brasil – Assis Brasil
393. Cantos Cerimoniais – Pablo Neruda
394. Jardim de Inverno – Pablo Neruda
395. Antonio e Cleópatra – William Shakespeare
396. Tróia – Cláudio Moreno
397. Meu tio matou um cara – Jorge Furtado
398. O anatomista – Federico Andahazi
399. As viagens de Gulliver – Jonathan Swift
400. Dom Quixote – (v. 1) – Miguel de Cervantes
401. Dom Quixote – (v. 2) – Miguel de Cervantes
402. Sozinho no Pólo Norte – Thomaz Brandolin
403. Matadouro 5 – Kurt Vonnegut
404. Delta de Vênus – Anaïs Nin
405. O melhor de Hagar 2 – Dik Browne
406. É grave Doutor? – Nani
407. Orai pornô – Nani
408. (11). Maigret em Nova York – Simenon
409. (12). O assassino sem rosto – Simenon
410. (13). O mistério das jóias roubadas – Simenon
411. A irmãzinha – Raymond Chandler
412. Três contos – Gustave Flaubert
413. De ratos e homens – John Steinbeck
414. Lazarilho de Tormes – Anônimo do séc. XVI
415. Triângulo das águas – Caio Fernando Abreu
416. 100 receitas de carnes – Sílvio Lancellotti
417. Histórias de robôs: vol. 1 – org. Isaac Asimov
418. Histórias de robôs: vol. 2 – org. Isaac Asimov
419. Histórias de robôs: vol. 3 – org. Isaac Asimov
420. O país dos centauros – Tabajara Ruas
421. A república de Anita – Tabajara Ruas
422. A carga dos lanceiros – Tabajara Ruas
423. Um amigo de Kafka – Isaac Singer
424. As alegres matronas de Windsor – Shakespeare
425. Amor e exílio – Isaac Bashevis Singer
426. Use & abuse do seu signo – Marília Fiorillo e Marylou Simonsen
427. Pigmaleão – Bernard Shaw
428. As fenícias – Eurípides
429. Everest – Thomaz Brandolin
430. A arte de furtar – Anônimo do séc. XVI
431. Billy Bud – Herman Melville
432. A rosa separada – Pablo Neruda
433. Elegia – Pablo Neruda
434. A garota de Cassidy – David Goodis
435. Como fazer a guerra: máximas de Napoleão – Balzac
436. Poemas escolhidos – Emily Dickinson
437. Gracias por el fuego – Mario Benedetti
438. O sofá – Crébillon Fils
439. O "Martín Fierro" – Jorge Luis Borges
440. Trabalhos de amor perdidos – W. Shakespeare
441. O melhor de Hagar 3 – Dik Browne
442. Os Maias (volume1) – Eça de Queiroz
443. Os Maias (volume2) – Eça de Queiroz
444. Anti-Justine – Restif de La Bretonne
445. Juventude – Joseph Conrad

446. **Contos** – Eça de Queiroz
447. **Janela para a morte** – Raymond Chandler
448. **Um amor de Swann** – Marcel Proust
449. **À paz perpétua** – Immanuel Kant
450. **A conquista do México** – Hernan Cortez
451. **Defeitos escolhidos e 2000** – Pablo Neruda
452. **O casamento do céu e do inferno** – William Blake
453. **A primeira viagem ao redor do mundo** – Antonio Pigafetta
454(14). **Uma sombra na janela** – Simenon
455(15). **A noite da encruzilhada** – Simenon
456(16). **A velha senhora** – Simenon
457. **Sartre** – Annie Cohen-Solal
458. **Discurso do método** – René Descartes
459. **Garfield em grande forma (1)** – Jim Davis
460. **Garfield está de dieta (2)** – Jim Davis
461. **O livro das feras** – Patricia Highsmith
462. **Viajante solitário** – Jack Kerouac
463. **Auto da barca do inferno** – Gil Vicente
464. **O livro vermelho dos pensamentos de Millôr** – Millôr Fernandes
465. **O livro dos abraços** – Eduardo Galeano
466. **Voltaremos!** – José Antonio Pinheiro Machado
467. **Rango** – Edgar Vasques
468(8). **Dieta mediterrânea** – Dr. Fernando Lucchese e José Antonio Pinheiro Machado
469. **Radicci 5** – Iotti
470. **Pequenos pássaros** – Anaïs Nin
471. **Guia prático do Português correto – vol.3** – Cláudio Moreno
472. **Atire no pianista** – David Goodis
473. **Antologia Poética** – García Lorca
474. **Alexandre e César** – Plutarco
475. **Uma espiã na casa do amor** – Anaïs Nin
476. **A gorda do Tiki Bar** – Dalton Trevisan
477. **Garfield um gato de peso (3)** – Jim Davis
478. **Canibais** – David Coimbra
479. **A arte de escrever** – Arthur Schopenhauer
480. **Pinóquio** – Carlo Collodi
481. **Misto-quente** – Bukowski
482. **A lua na sarjeta** – David Goodis
483. **O melhor do Recruta Zero (1)** – Mort Walker
484. **Aline: TPM – tensão pré-monstrual (2)** – Adão Iturrusgarai
485. **Sermões do Padre Antonio Vieira**
486. **Garfield numa boa (4)** – Jim Davis
487. **Mensagem** – Fernando Pessoa
488. **Vendeta** seguido de **A paz conjugal** – Balzac
489. **Poemas de Alberto Caeiro** – Fernando Pessoa
490. **Ferragus** – Honoré de Balzac
491. **A duquesa de Langeais** – Honoré de Balzac
492. **A menina dos olhos de ouro** – Honoré de Balzac
493. **O lírio do vale** – Honoré de Balzac
494(17). **A barcaça da morte** – Simenon
495(18). **As testemunhas rebeldes** – Simenon
496(19). **Um engano de Maigret** – Simenon
497(1). **A noite das bruxas** – Agatha Christie
498(2). **Um passe de mágica** – Agatha Christie
499(3). **Nêmesis** – Agatha Christie
500. **Esboço para uma teoria das emoções** – Sartre
501. **Renda básica de cidadania** – Eduardo Suplicy
502(1). **Pílulas para viver melhor** – Dr. Lucchese
503(2). **Pílulas para prolongar a juventude** – Lucchese
504(3). **Desembarcando o diabetes** – Dr. Lucchese
505(4). **Desembarcando o sedentarismo** – Fernando Lucchese e Cláudio Castro
506(5). **Desembarcando a hipertensão** – Lucchese
507(6). **Desembarcando o colesterol** – Dr. Fernando Lucchese e Fernanda Lucchese
508. **Estudos de mulher** – Balzac
509. **O terceiro tira** – Flann O'Brien
510. **100 receitas de aves e ovos** – J. A. P. Machado
511. **Garfield em toneladas de diversão (5)** – Jim Davis
512. **Trem-bala** – Martha Medeiros
513. **Os cães ladram** – Truman Capote
514. **O Kama Sutra de Vatsyayana**
515. **O crime do Padre Amaro** – Eça de Queiroz
516. **Odes de Ricardo Reis** – Fernando Pessoa
517. **O inverno da nossa desesperança** – Steinbeck
518. **Piratas do Tietê (1)** – Laerte
519. **Rê Bordosa: do começo ao fim** – Angeli
520. **O Harlem é escuro** – Chester Himes
521. **Café-da-manhã dos campeões** – Kurt Vonnegut
522. **Eugénie Grandet** – Balzac
523. **O último magnata** – F. Scott Fitzgerald
524. **Carol** – Patricia Highsmith
525. **100 receitas de patisseria** – Sílvio Lancellotti
526. **O fator humano** – Graham Greene
527. **Tristessa** – Jack Kerouac
528. **O diamante do tamanho do Ritz** – Scott Fitzgerald
529. **As melhores histórias de Sherlock Holmes** – Arthur Conan Doyle
530. **Cartas a um jovem poeta** – Rilke
531(20). **Memórias de Maigret** – Simenon
532(4). **O misterioso sr. Quin** – Agatha Christie
533. **Os analectos** – Confúcio
534(21). **Maigret e os homens de bem** – Simenon
535(22). **O medo de Maigret** – Simenon
536. **Ascensão e queda de César Birotteau** – Balzac
537. **Sexta-feira negra** – David Goodis
538. **Ora bolas – O humor de Mario Quintana** – Juarez Fonseca
539. **Longe daqui aqui mesmo** – Antonio Bivar
540(5). **É fácil matar** – Agatha Christie
541. **O pai Goriot** – Balzac
542. **Brasil, um país do futuro** – Stefan Zweig
543. **O processo** – Kafka
544. **O melhor do Hagar 4** – Dik Browne
545(6). **Por que não pediram a Evans?** – Agatha Christie
546. **Fanny Hill** – John Cleland
547. **O gato por dentro** – William S. Burroughs
548. **Sobre a brevidade da vida** – Sêneca
549. **Geraldão (1)** – Glauco
550. **Piratas do Tietê (2)** – Laerte
551. **Pagando o pato** – Ciça
552. **Garfield de bom humor (6)** – Jim Davis
553. **Conhece o Mário?** vol.1 – Santiago
554. **Radicci 6** – Iotti
555. **Os subterrâneos** – Jack Kerouac
556(1). **Balzac** – François Taillandier
557(2). **Modigliani** – Christian Parisot

8(3). **Kafka** – Gérard-Georges Lemaire
9(4). **Júlio César** – Joël Schmidt
0. **Receitas da família** – J. A. Pinheiro Machado
1. **Boas maneiras à mesa** – Celia Ribeiro
2(9). **Filhos sadios, pais felizes** – R. Pagnoncelli
3(10). **Fatos & mitos** – Dr. Fernando Lucchese
4. **Ménage à trois** – Paula Taitelbaum
5. **Mulheres!** – David Coimbra
6. **Poemas de Álvaro de Campos** – Fernando Pessoa
7. **Medo e outras histórias** – Stefan Zweig
8. **Snoopy e sua turma (1)** – Schulz
9. **Piadas para sempre (1)** – Visconde da Casa Verde
70. **O alvo móvel** – Ross Macdonald
71. **O melhor do Recruta Zero (2)** – Mort Walker
72. **Um sonho americano** – Norman Mailer
73. **Os broncos também amam** – Angeli
74. **Crônica de um amor louco** – Bukowski
75(5). **Freud** – René Major e Chantal Talagrand
76(6). **Picasso** – Gilles Plazy
77(7). **Gandhi** – Christine Jordis
78. **A tumba** – H. P. Lovecraft
79. **O príncipe e o mendigo** – Mark Twain
80. **Garfield, um charme de gato (7)** – Jim Davis
81. **Ilusões perdidas** – Balzac
82. **Esplendores e misérias das cortesãs** – Balzac
83. **Walter Ego** – Angeli
84. **Striptiras (1)** – Laerte
85. **Fagundes: um puxa-saco de mão cheia** – Laerte
586. **Depois do último trem** – Josué Guimarães
587. **Ricardo III** – Shakespeare
588. **Dona Anja** – Josué Guimarães
589. **24 horas na vida de uma mulher** – Stefan Zweig
590. **O terceiro homem** – Graham Greene
591. **Mulher no escuro** – Dashiell Hammett
592. **No que acredito** – Bertrand Russell
593. **Odisséia (1): Telemaquia** – Homero
594. **O cavalo cego** – Josué Guimarães
595. **Henrique V** – Shakespeare
596. **Fabulário geral do delírio cotidiano** – Bukowski
597. **Tiros na noite 1: A mulher do bandido** – Dashiell Hammett
598. **Snoopy em Feliz Dia dos Namorados! (2)** – Schulz
599. **Mas não se matam cavalos?** – Horace McCoy
600. **Crime e castigo** – Dostoiévski
601(7). **Mistério no Caribe** – Agatha Christie
602. **Odisséia (2): Regresso** – Homero
603. **Piadas para sempre (2)** – Visconde da Casa Verde
604. **À sombra do vulcão** – Malcolm Lowry
605(8). **Kerouac** – Yves Buin
606. **E agora são cinzas** – Angeli
607. **As mil e uma noites** – Paulo Caruso
608. **Um assassino entre nós** – Ruth Rendell
609. **Crack-up** – F. Scott Fitzgerald
610. **Do amor** – Stendhal
611. **Cartas do Yage** – William Burroughs e Allen Ginsberg
612. **Striptiras (2)** – Laerte
613. **Henry & June** – Anaïs Nin
614. **A piscina mortal** – Ross Macdonald
615. **Geraldão (2)** – Glauco
616. **Tempo de delicadeza** – A. R. de Sant'Anna
617. **Tiros na noite 2: Medo de tiro** – Dashiell Hammett
618. **Snoopy em Assim é a vida, Charlie Brown! (3)** – Schulz
619. **1954 – Um tiro no coração** – Hélio Silva
620. **Sobre a inspiração poética (Íon) e ...** – Platão
621. **Garfield e seus amigos (8)** – Jim Davis
622. **Odisséia (3): Ítaca** – Homero
623. **A louca matança** – Chester Himes
624. **Factótum** – Bukowski
625. **Guerra e Paz: volume 1** – Tolstói
626. **Guerra e Paz: volume 2** – Tolstói
627. **Guerra e Paz: volume 3** – Tolstói
628. **Guerra e Paz: volume 4** – Tolstói
629(9). **Shakespeare** – Claude Mourthé
630. **Bem está o que bem acaba** – Shakespeare
631. **O contrato social** – Rousseau
632. **Geração Beat** – Jack Kerouac
633. **Snoopy: É Natal! (4)** – Charles Schulz
634(8). **Testemunha da acusação** – Agatha Christie
635. **Um elefante no caos** – Millôr Fernandes
636. **Guia de leitura (100 autores que você precisa ler)** – Organização de Léa Masina
637. **Pistoleiros também mandam flores** – David Coimbra
638. **O prazer das palavras** – vol. 1 – Cláudio Moreno
639. **O prazer das palavras** – vol. 2 – Cláudio Moreno
640. **Novíssimo testamento: com Deus e o diabo, a dupla da criação** – Iotti
641. **Literatura Brasileira: modos de usar** – Luís Augusto Fischer
642. **Dicionário de Porto-Alegrês** – Luís A. Fischer
643. **Clô Dias & Noites** – Sérgio Jockymann
644. **Memorial de Isla Negra** – Pablo Neruda
645. **Um homem extraordinário e outras histórias** – Tchékhov
646. **Ana sem terra** – Alcy Cheuiche
647. **Adultérios** – Woody Allen
648. **Para sempre ou nunca mais** – R. Chandler
649. **Nosso homem em Havana** – Graham Greene
650. **Dicionário Caldas Aulete de Bolso**
651. **Snoopy: Posso fazer uma pergunta, professora? (5)** – Charles Schulz
652(10). **Luís XVI** – Bernard Vincent
653. **O mercador de Veneza** – Shakespeare
654. **Cancioneiro** – Fernando Pessoa
655. **Non-Stop** – Martha Medeiros
656. **Carpinteiros, levantem bem alto a cumeeira & Seymour, uma apresentação** – J.D.Salinger
657. **Ensaios céticos** – Bertrand Russell
658. **O melhor de Hagar 5** – Dik e Chris Browne
659. **Primeiro amor** – Ivan Turguêniev
660. **A trégua** – Mario Benedetti
661. **Um parque de diversões da cabeça** – Lawrence Ferlinghetti
662. **Aprendendo a viver** – Sêneca
663. **Garfield, um gato em apuros (9)** – Jim Davis
664. **Dilbert 1** – Scott Adams
665. **Dicionário de dificuldades** – Domingos Paschoal Cegalla

666. **A imaginação** – Jean-Paul Sartre
667. **O ladrão e os cães** – Naguib Mahfuz
668. **Gramática do português contemporâneo** – Celso Cunha
669. **A volta do parafuso** *seguido de* **Daisy Miller** – Henry James
670. **Notas do subsolo** – Dostoiévski
671. **Abobrinhas da Brasilônia** – Glauco
672. **Geraldão (3)** – Glauco
673. **Piadas para sempre (3)** – Visconde da Casa Verde
674. **Duas viagens ao Brasil** – Hans Staden
675. **Bandeira de bolso** – Manuel Bandeira
676. **A arte da guerra** – Maquiavel
677. **Além do bem e do mal** – Nietzsche
678. **O coronel Chabert** *seguido de* **A mulher abandonada** – Balzac
679. **O sorriso de marfim** – Ross Macdonald
680. **100 receitas de pescados** – Sílvio Lancellotti
681. **O juiz e seu carrasco** – Friedrich Dürrenmatt
682. **Noites brancas** – Dostoiévski
683. **Quadras ao gosto popular** – Fernando Pessoa
684. **Romanceiro da Inconfidência** – Cecília Meireles
685. **Kaos** – Millôr Fernandes
686. **A pele de onagro** – Balzac
687. **As ligações perigosas** – Choderlos de Laclos
688. **Dicionário de matemática** – Luiz Fernandes Cardoso
689. **Os Lusíadas** – Luís Vaz de Camões
690(11). **Átila** – Éric Deschodt
691. **Um jeito tranquilo de matar** – Chester Himes
692. **A felicidade conjugal** *seguido de* **O diabo** – Tolstói
693. **Viagem de um naturalista ao redor do mundo** – vol. 1 – Charles Darwin
694. **Viagem de um naturalista ao redor do mundo** – vol. 2 – Charles Darwin
695. **Memórias da casa dos mortos** – Dostoiévski
696. **A Celestina** – Fernando de Rojas
697. **Snoopy: Como você é azarado, Charlie Brown! (6)** – Charles Schulz
698. **Dez (quase) amores** – Claudia Tajes
699(9). **Poirot sempre espera** – Agatha Christie
700. **Cecília de bolso** – Cecília Meireles
701. **Apologia de Sócrates** *precedido de* **Êutifron** *e seguido de* **Críton** – Platão
702. **Wood & Stock** – Angeli
703. **Striptiras (3)** – Laerte
704. **Discurso sobre a origem e os fundamentos da desigualdade entre os homens** – Rousseau
705. **Os duelistas** – Joseph Conrad
706. **Dilbert (2)** – Scott Adams
707. **Viver e escrever** (vol. 1) – Edla van Steen
708. **Viver e escrever** (vol. 2) – Edla van Steen
709. **Viver e escrever** (vol. 3) – Edla van Steen
710(10). **A teia da aranha** – Agatha Christie
711. **O banquete** – Platão
712. **Os belos e malditos** – F. Scott Fitzgerald
713. **Libelo contra a arte moderna** – Salvador Dalí
714. **Akropolis** – Valerio Massimo Manfredi
715. **Devoradores de mortos** – Michael Crichton
716. **Sob o sol da Toscana** – Frances Mayes
717. **Batom na cueca** – Nani
718. **Vida dura** – Claudia Tajes
719. **Carne trêmula** – Ruth Rendell
720. **Cris, a fera** – David Coimbra
721. **O anticristo** – Nietzsche
722. **Como um romance** – Daniel Pennac
723. **Emboscada no Forte Bragg** – Tom Wolfe
724. **Assédio sexual** – Michael Crichton
725. **O espírito do Zen** – Alan W.Watts
726. **Um bonde chamado desejo** – Tennessee Williams
727. **Como gostais** *seguido de* **Conto de inverno** – Shakespeare
728. **Tratado sobre a tolerância** – Voltaire
729. **Snoopy: Doces ou travessuras? (7)** – Charles Schulz
730. **Cardápios do Anonymus Gourmet** – J.A. Pinheiro Machado
731. **100 receitas com lata** – J.A. Pinheiro Machado
732. **Conhece o Mário?** vol.2 – Santiago
733. **Dilbert (3)** – Scott Adams
734. **História de um louco amor** *seguido de* **Passado amor** – Horacio Quiroga
735(11). **Sexo: muito prazer** – Laura Meyer da Silva
736(12). **Para entender o adolescente** – Dr. Ronald Pagnoncelli
737(13). **Desembarcando a tristeza** – Dr. Fernando Lucchese
738. **Poirot e o mistério da arca espanhola & outras histórias** – Agatha Christie
739. **A última legião** – Valerio Massimo Manfredi
740. **As virgens suicidas** – Jeffrey Eugenides
741. **Sol nascente** – Michael Crichton
742. **Duzentos ladrões** – Dalton Trevisan
743. **Os devaneios do caminhante solitário** – Rousseau
744. **Garfield, o rei da preguiça (10)** – Jim Davis
745. **Os magnatas** – Charles R. Morris
746. **Pulp** – Charles Bukowski
747. **Enquanto agonizo** – William Faulkner
748. **Aline: viciada em sexo (3)** – Adão Iturrusgarai
749. **A dama do cachorrinho** – Anton Tchékhov
750. **Tito Andrônico** – Shakespeare
751. **Antologia poética** – Anna Akhmátova
752. **O melhor de Hagar 6** – Dik e Chris Browne
753(12). **Michelangelo** – Nadine Sautel
754. **Dilbert (4)** – Scott Adams
755. **O jardim das cerejeiras** *seguido de* **Tio Vânia** – Tchékhov
756. **Geração Beat** – Claudio Willer
757. **Santos Dumont** – Alcy Cheuiche
758. **Budismo** – Claude B. Levenson
759. **Cleópatra** – Christian-Georges Schwentzel
760. **Revolução Francesa** – Frédéric Bluche, Stéphane Rials e Jean Tulard
761. **A crise de 1929** – Bernard Gazier
762. **Sigmund Freud** – Edson Sousa e Paulo Endo
763. **Império Romano** – Patrick Le Roux
764. **Cruzadas** – Cécile Morrisson
765. **O mistério do Trem Azul** – Agatha Christie
766. **Os escrúpulos de Maigret** – Simenon
767. **Maigret se diverte** – Simenon
768. **Senso comum** – Thomas Paine
769. **O parque dos dinossauros** – Michael Crichton

0. **Trilogia da paixão** – Goethe
1. **A simples arte de matar** (vol.1) – R. Chandler
2. **A simples arte de matar** (vol.2) – R. Chandler
3. **Snoopy: No mundo da lua! (8)** – Charles Schulz
4. **Os Quatro Grandes** – Agatha Christie
5. **Um brinde de cianureto** – Agatha Christie
6. **Súplicas atendidas** – Truman Capote
7. **Ainda restam aveleiras** – Simenon
8. **Maigret e o ladrão preguiçoso** – Simenon
9. **A viúva imortal** – Millôr Fernandes
10. **Cabala** – Roland Goetschel
11. **Capitalismo** – Claude Jessua
12. **Mitologia grega** – Pierre Grimal
13. **Economia: 100 palavras-chave** – Jean-Paul Betbèze
14. **Marxismo** – Henri Lefebvre
15. **Punição para a inocência** – Agatha Christie
16. **A extravagância do morto** – Agatha Christie
17. (13).**Cézanne** – Bernard Fauconnier
18. **A identidade Bourne** – Robert Ludlum
19. **Da tranquilidade da alma** – Sêneca
20. **Um artista da fome** *seguido de* **Na colônia penal e outras histórias** – Kafka
21. **Histórias de fantasmas** – Charles Dickens
22. **A louca de Maigret** – Simenon
23. **O amigo de infância de Maigret** – Simenon
24. **O revólver de Maigret** – Simenon
25. **A fuga do sr. Monde** – Simenon
26. **O Uraguai** – Basílio da Gama
27. **A mão misteriosa** – Agatha Christie
28. **Testemunha ocular do crime** – Agatha Christie
29. **Crepúsculo dos ídolos** – Friedrich Nietzsche
30. **Maigret e o negociante de vinhos** – Simenon
31. **Maigret e o mendigo** – Simenon
32. **O grande golpe** – Dashiell Hammett
33. **Humor barra pesada** – Nani
34. **Vinho** – Jean-François Gautier
35. **Egito Antigo** – Sophie Desplancques
36. (14).**Baudelaire** – Jean-Baptiste Baronian
37. **Caminho da sabedoria, caminho da paz** – Dalai Lama & Felizitas von Schönborn
38. **Senhor e servo e outras histórias** – Tolstói
39. **Os cadernos de Malte Laurids Brigge** – Rilke
40. **Dilbert (5)** – Scott Adams
41. **Big Sur** – Jack Kerouac
42. **Seguindo a correnteza** – Agatha Christie
43. **O álibi** – Sandra Brown
44. **Montanha-russa** – Martha Medeiros
45. **Coisas da vida** – Martha Medeiros
46. **A cantada infalível** *seguido de* **A mulher do centroavante** – David Coimbra
47. **Maigret e os crimes do cais** – Simenon
48. **Sinal vermelho** – Simenon
49. **Snoopy: Pausa para a soneca (9)** – Charles Schulz
50. **De pernas pro ar** – Eduardo Galeano
51. **Tragédias gregas** – Pascal Thiercy
52. **Existencialismo** – Jacques Colette
53. **Nietzsche** – Jean Granier
54. **Amar ou depender?** – Walter Riso
55. **Darmapada: A doutrina budista em versos**
56. **J'Accuse...!** – **a verdade em marcha** – Zola
57. **Os crimes ABC** – Agatha Christie

828. **Um gato entre os pombos** – Agatha Christie
829. **Maigret e o sumiço do sr. Charles** – Simenon
830. **Maigret e a morte do jogador** – Simenon
831. **Dicionário de teatro** – Luiz Paulo Vasconcellos
832. **Cartas extraviadas** – Martha Medeiros
833. **A longa viagem de prazer** – J. J. Morosoli
834. **Receitas fáceis** – J. A. Pinheiro Machado
835. (14).**Mais fatos & mitos** – Dr. Fernando Lucchese
836. (15).**Boa viagem!** – Dr. Fernando Lucchese
837. **Aline: Finalmente nua!!! (4)** – Adão Iturrusgarai
838. **Mônica tem uma novidade!** – Mauricio de Sousa
839. **Cebolinha em apuros!** – Mauricio de Sousa
840. **Sócios no crime** – Agatha Christie
841. **Bocas do tempo** – Eduardo Galeano
842. **Orgulho e preconceito** – Jane Austen
843. **Impressionismo** – Dominique Lobstein
844. **Escrita chinesa** – Viviane Alleton
845. **Paris: uma história** – Yvan Combeau
846. (15).**Van Gogh** – David Haziot
847. **Maigret e o corpo sem cabeça** – Simenon
848. **Portal do destino** – Agatha Christie
849. **O futuro de uma ilusão** – Freud
850. **O mal-estar na cultura** – Freud
851. **Maigret e o matador** – Simenon
852. **Maigret e o fantasma** – Simenon
853. **Um crime adormecido** – Agatha Christie
854. **Satori em Paris** – Jack Kerouac
855. **Medo e delírio em Las Vegas** – Hunter Thompson
856. **Um negócio fracassado e outros contos de humor** – Tchékhov
857. **Mônica está de férias!** – Mauricio de Sousa
858. **De quem é esse coelho?** – Mauricio de Sousa
859. **O burgomestre de Furnes** – Simenon
860. **O mistério Sittaford** – Agatha Christie
861. **Manhã transfigurada** – Luiz Antonio de Assis Brasil
862. **Alexandre, o Grande** – Pierre Briant
863. **Jesus** – Charles Perrot
864. **Islã** – Paul Balta
865. **Guerra da Secessão** – Farid Ameur
866. **Um rio que vem da Grécia** – Cláudio Moreno
867. **Maigret e os colegas americanos** – Simenon
868. **Assassinato na casa do pastor** – Agatha Christie
869. **Manual do líder** – Napoleão Bonaparte
870. (16).**Billie Holiday** – Sylvia Fol
871. **Bidu arrasando!** – Mauricio de Sousa
872. **Desventuras em família** – Mauricio de Sousa
873. **Liberty Bar** – Simenon
874. **E no final a morte** – Agatha Christie
875. **Guia prático do Português correto – vol. 4** – Cláudio Moreno
876. **Dilbert (6)** – Scott Adams
877. (17).**Leonardo da Vinci** – Sophie Chauveau
878. **Bella Toscana** – Frances Mayes
879. **A arte da ficção** – David Lodge
880. **Striptiras (4)** – Laerte
881. **Skrotinhos** – Angeli
882. **Depois do funeral** – Agatha Christie
883. **Radicci 7** – Iotti
884. **Walden** – H. D. Thoreau
885. **Lincoln** – Allen C. Guelzo
886. **Primeira Guerra Mundial** – Michael Howard
887. **A linha de sombra** – Joseph Conrad

888. **O amor é um cão dos diabos** – Bukowski
889. **Maigret sai em viagem** – Simenon
890. **Despertar: uma vida de Buda** – Jack Kerouac
891(18). **Albert Einstein** – Laurent Seksik
892. **Hell's Angels** – Hunter Thompson
893. **Ausência na primavera** – Agatha Christie
894. **Dilbert (7)** – Scott Adams
895. **Ao sul de lugar nenhum** – Bukowski
896. **Maquiavel** – Quentin Skinner
897. **Sócrates** – C.C.W. Taylor
898. **A casa do canal** – Simenon
899. **O Natal de Poirot** – Agatha Christie
900. **As veias abertas da América Latina** – Eduardo Galeano
901. **Snoopy: Sempre alerta! (10)** – Charles Schulz
902. **Chico Bento: Plantando confusão** – Mauricio de Sousa
903. **Penadinho: Quem é morto sempre aparece** – Mauricio de Sousa
904. **A vida sexual da mulher feia** – Claudia Tajes
905. **100 segredos do liquidificador** – José Antonio Pinheiro Machado
906. **Sexo muito prazer 2** – Laura Meyer da Silva
907. **Os nascimentos** – Eduardo Galeano
908. **As caras e as máscaras** – Eduardo Galeano
909. **O século do vento** – Eduardo Galeano
910. **Poirot perde uma cliente** – Agatha Christie
911. **Cérebro** – Michael O'Shea
912. **O escaravelho de ouro e outras histórias** – Edgar Allan Poe
913. **Piadas para sempre (4)** – Visconde da Casa Verde
914. **100 receitas de massas light** – Helena Tonetto
915(19). **Oscar Wilde** – Daniel Salvatore Schiffer
916. **Uma breve história do mundo** – H. G. Wells
917. **A Casa do Penhasco** – Agatha Christie
918. **Maigret e o finado sr. Gallet** – Simenon
919. **John M. Keynes** – Bernard Gazier
920(20). **Virginia Woolf** – Alexandra Lemasson
921. **Peter e Wendy** *seguido de* **Peter Pan em Kensington Gardens** – J. M. Barrie
922. **Aline: numas de colegial (5)** – Adão Iturrusgarai
923. **Uma dose mortal** – Agatha Christie
924. **Os trabalhos de Hércules** – Agatha Christie
925. **Maigret na escola** – Simenon
926. **Kant** – Roger Scruton
927. **A inocência do Padre Brown** – G.K. Chesterton
928. **Casa Velha** – Machado de Assis
929. **Marcas de nascença** – Nancy Huston
930. **Aulete de bolso**
931. **Hora Zero** – Agatha Christie
932. **Morte na Mesopotâmia** – Agatha Christie
933. **Um crime na Holanda** – Simenon
934. **Nem te conto, João** – Dalton Trevisan
935. **As aventuras de Huckleberry Finn** – Mark Twain
936(21). **Marilyn Monroe** – Anne Plantagenet
937. **China moderna** – Rana Mitter
938. **Dinossauros** – David Norman
939. **Louca por homem** – Claudia Tajes
940. **Amores de alto risco** – Walter Riso
941. **Jogo de damas** – David Coimbra
942. **Filha é filha** – Agatha Christie
943. **M ou N?** – Agatha Christie
944. **Maigret se defende** – Simenon
945. **Bidu: diversão em dobro!** – Mauricio de Sou
946. **Fogo** – Anaïs Nin
947. **Rum: diário de um jornalista bêbado** – Hun Thompson
948. **Persuasão** – Jane Austen
949. **Lágrimas na chuva** – Sergio Faraco
950. **Mulheres** – Bukowski
951. **Um pressentimento funesto** – Agatha Christ
952. **Cartas na mesa** – Agatha Christie
953. **Maigret em Vichy** – Simenon
954. **O lobo do mar** – Jack London
955. **Os gatos** – Patricia Highsmith
956(22). **Jesus** – Christiane Rancé
957. **História da medicina** – William Bynum
958. **O Morro dos Ventos Uivantes** – Emily Bron
959. **A filosofia na era trágica dos gregos** – Nietzsch
960. **Os treze problemas** – Agatha Christie
961. **A massagista japonesa** – Moacyr Scliar
962. **A taberna dos dois tostões** – Simenon
963. **Humor do miserê** – Nani
964. **Todo o mundo tem dúvida, inclusive você** – Édison Oliveira
965. **A dama do Bar Nevada** – Sergio Faraco
966. **O Smurf Repórter** – Peyo
967. **O Bebê Smurf** – Peyo
968. **Maigret e os flamengos** – Simenon
969. **O psicopata americano** – Bret Easton Ellis
970. **Ensaios de amor** – Alain de Botton
971. **O grande Gatsby** – F. Scott Fitzgerald
972. **Por que não sou cristão** – Bertrand Russell
973. **A Casa Torta** – Agatha Christie
974. **Encontro com a morte** – Agatha Christie
975(23). **Rimbaud** – Jean-Baptiste Baronian
976. **Cartas na rua** – Bukowski
977. **Memória** – Jonathan K. Foster
978. **A abadia de Northanger** – Jane Austen
979. **As pernas de Úrsula** – Claudia Tajes
980. **Retrato inacabado** – Agatha Christie
981. **Solanin (1)** – Inio Asano
982. **Solanin (2)** – Inio Asano
983. **Aventuras de menino** – Mitsuru Adachi
984(16). **Fatos & mitos sobre sua alimentação** – Dr. Fernando Lucchese
985. **Teoria quântica** – John Polkinghorne
986. **O eterno marido** – Fiódor Dostoiévski
987. **Um safado em Dublin** – J. P. Donleavy
988. **Mirinha** – Dalton Trevisan
989. **Akhenaton e Nefertiti** – Carmen Seganfredo e A. S. Franchini
990. **On the Road – o manuscrito original** – Jack Kerouac
991. **Diários de Andy Warhol (1)** – Editado por Pat Hackett
992. **Diários de Andy Warhol (2)** – Editado por Pat Hackett
993(24). **Andy Warhol** – Mériam Korichi
994. **Maigret** – Simenon
995. **Os últimos casos de Miss Marple** – Agatha Christie